마법의 주문

마법의 주문

니시 가나코 소설 | 이영미 옮김

차례

일러두기

주석은 본문 하단에 각주로 표기했으며, 모두 옮긴이의 것입니다.

불사르다

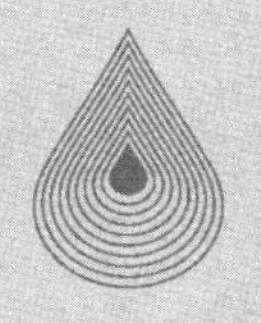

줄곧 바지만 입었다.

밑단에 프릴이 달린 바지나 리본 무늬가 그려진 바지, 한눈에 봐도 여자아이가 입을 법한 귀여운 바지는 싫었다. 내가 입고 싶었던 바지, 그리고 실제로 입었던 바지는 나이 차이가 좀 나는 두 오빠에게 물려받은 옷이었다. 큰오빠의 닳고 닳은 검은 데님 반바지(펑크 분위기였다)와 작은오빠의 하얀 옆줄 두 개가 들어간 저지(이건 래퍼 분위기였다)가 특히 마음에 들었다.

엄마는 그런 나를 보며 웃었지만, 함께 사는 할머니는

'언짢은 표정'을 지었다. ('싫은 내색'과 '실망감'이 절묘한 비율로 뒤섞인 표정, 마치 낯선 사람에게 난데없이 쇠똥을 선물받은 것 같은.)

"케이 짱은 여자애니까 좀 더 여자답게 꾸미려무나."

할머니는 나랑 단둘이 있을 때만 그런 말을 했다. 거실 옆에 있는 할머니의 다다미방에서. 언제나 복숭아를 썰어 놓은 것처럼 달콤한 향기가 났고, 햇볕도 아주 잘 들었지만, 할머니는 그 다다미방을 싫어했다.

"참 나, 노인네라고 해서 다 좋아하는 줄 아나."

할머니는 늘 아주 멋쟁이였다. 가슴에 아름다운 레이스가 달린 연보랏빛 원피스나 몸에 딱 맞는 석양 빛깔의 타이트스커트를 입었고, 손톱은 예쁘게 칠했으며 집에서도 커다란 귀걸이를 했다. 아무리 추워도 바지는 입지 않았고, 내가 입고 다니는 남자아이용 바지는 더 말할 것도 없었다.

엄마는 할머니와는 완전히 달랐다. 언제나 큼지막한 데님 바지를 입었고, 허리띠는 아무렇게나 대충 맸다. 머리는 짧게 잘랐고, 할머니처럼 손톱을 손질하기는커녕 내가 기억하는 한 립스틱도 바르지 않았다. 담배를 피우며 커피를 마셨고, 웃을 때는 어금니가 훤히 보일 정도로 입을 크게 벌렸다. 엄마는 '왈가닥'인 삶을 거의 사명처럼 여기는 것 같았다.

엄마는 내가 남자아이처럼 입고 싶어 하는 걸 매우 흡족해했고, 오빠 둘이 조금이라도 '마초 같은 행동'(엄마는 그런 표현을 썼다)을 하면 언짢은 표정을 지었다. 그것은 할머니가 내 차림새를 보고 짓는 '언짢은 표정'과 완전히 똑같았다. 난데없이 쇠똥을 선물받은 것 같은, 바로 그 표정이었다.

"이제는 남자애든 여자애든 상관없어. 남자답다느니 여자답다느니, 너무 바보 같잖아, 안 그래?"

할머니와 엄마는 완전히 정반대였다. 매일 저녁 함께 밥을 먹지만, 둘이 눈을 마주치며 대화하는 경우는 거의 없었다. 아빠는 없었다. 내가 기어 다닐 무렵에 집에서 나갔기 때문이다. 엄마가 사진을 모조리 쓸어버려서 나는 아빠의 얼굴을 알지 못했고, 엄마에게도 할머니에게도 '어떤 사람이었어?'라고 물어보지 않았다.

"최소한 머리라도 좀 기르게 해라."

할머니의 부탁으로 내 머리는 길게 놔두었다. 그것은 나의 유일한 '여자애다운' 면모였다. 보나마나 엄마도 마지못해 허락했을 것이다. 내 머리가 엄마와 할머니의 휴전 지대였던 셈이다.

나는 어깨까지 내려오는 그 머리를 늘 대충 묶고 다녔다. 일부러 너저분하게 헝클어뜨리기도 했다. 목욕하러 들어간 내 머리에서 죽은 벌레가 떨어졌을 때는 엄마가 손뼉을 치며 웃어댔다.

어울려 노는 친구는 언제나 남자애들이었다. 그중에서도 나는 골목대장이었다. 한 명이라도 나보다 우위를 드러내면 절대로 용서치 않았다. 나는 키가 크고, 팔다리도 길었다. 농구공을 가장 멀리 던지는 사람도 나였고, 제일 높은 나무에 올라가는 사람도 나였다. 나비를 잔혹한 방법으로 죽이기(날개를 모래에 파묻고, 시소로 짓누른다) 시작한 사람도 나였고, 정신이 이상한 아저씨를 가장 신랄하게 욕하며 놀린 사람도 나였다(소름이 돋을 만큼 짜릿했던 욕은 '쿠소마쿠!'*였다, 그게 무슨 의미인지도 몰랐지만).

남자애들은 내 뒤에서 걸었고, 내 명령을 기다렸다. 어쩌다 여자애다운 내 긴 머리를 잡아당기는 아이가 있으면, 옆에서 보던 아이가 울음을 터뜨릴 때까지 그 애를 흠씬 두들겨 팼다. 엄마는 그런 나를 보며 역시나 큰 소리로 웃어젖혔다.

초등학교 5학년이 됐을 때, 할머니가 입원했다.

처음에는 검사를 받기 위한 입원이었다. 왠지 배가 쿡쿡 쑤시며 아프구나, 할머니는 나에게 그런 말을 했을 때부터 조금씩 야위어갔지만, 입원이 결정 난 후로는 채소가 시들듯 순식간에 바짝 말라버렸다.

엄마와 나는 매일 병원에 다녔다. 이따금 오빠들 중 하나가 따라갔지만, 그다지 오래 있지는 않았다. 큰오빠는 럭비, 작은오빠는 야구에 푹 빠져 있었으니까. 물론 엄마는 그런 두 오빠들을 '언짢은 표정'으로 바라보았다.

---

* 죽으라는 뜻을 지닌 아라비아어 욕.

할머니는 병실에서도 곱게 립스틱을 발랐다. 베갯머리에 둔 파우치에는 화장품이 잔뜩 들어 있었고, 병실인데도 할머니 방의 그 달콤한 향기가 났다. 귓불이 말라서 귀걸이가 자꾸 떨어진다며 귀를 뚫고 싶다고 했지만, 엄마는 듣는 척도 하지 않았다. 할머니는 이제는 떨어져서 할 수 없는 귀걸이를 펜던트 삼아 목에 걸었다.

할머니의 입원과 비슷한 시기부터 내 가슴이 갑자기 부풀어 오르기 시작했다. 정말로 갑작스러웠다. 가슴이 아파서 견딜 수 없었고, 아직 밋밋한 다른 여자애들의 가슴과는 전혀 다른 내 가슴이 너무 부끄러웠다. 가슴이 커지면서 몸도 똑같이 둥그스름하게 살이 올랐다. 반바지를 입으면 허벅지에 왠지 모를 탱탱한 생기가 감돌았고, 남자아이용 티셔츠를 입으면 위팔이 찰싹 달라붙었다.

그 무렵부터 나는 '예쁘다'는 말을 듣기 시작했다. 처음에는 이웃 아주머니들이었다.

"어머나, 케이 짱. 예뻐졌구나!"

그것이 '아이다움'을 표현하는 말이 아니라는 건 한참 지난 후에야 알아챘다. 그 뜻을 알아챘을 무렵에는 나를 대하는 반 아이들의 태도가 조금씩 변하기 시작한 후였다. 여자애들은 내 머리칼을 만져보게 해달라며 모여들었고, 부탁도 안 했는데 핑크나 보라색 펄이 들어간 브러시로 머리를 빗겨주었다. 남자애들과는 자꾸만 눈이 마주쳤다. 그리고 눈이 마주친 남자애들은 수줍다는 듯이 시선을 피했다. 예전에 흠씬 패줬던 남자애조차도 마찬가지였다.

"치마, 입어볼까?"

어느 날 그런 말을 꺼낸 나를 엄마가 물끄러미 쳐다보았다. 각오는 했지만 엄마는 그 '언짢은 표정'을 짓지는 않았다.

"할머니한테 보여주고 싶구나?"

치마는 짙은 남색의 심플한 디자인으로 골랐다. 아무래도 한눈에 '여자아이용'으로 보이는 치마를 입기는 부끄러웠으니까.

그런데도 병원에서 나를 본 할머니는 더할 나위 없이 기뻐했다. 잔가지 같은 팔로 나를 끌어안고(놀라울 정도로 연약했다), 지쳐 잠들 때까지 내 머리를 빗겨주셨다. 내 머리칼은 할머니가 매일같이 빗겨준 덕에 투명한 황갈색으로 빛났고, 할머니의 달콤한 향기를 머금게 되었다. 같은 반 여자애들은 점점 더 내 머리에 푹 빠져들었다.

심플한 디자인이긴 해도 한번 치마를 입자, 남자아이용 티셔츠는 더 이상 어울리지 않았다. 치마에 어울리는 블라우스를 입으면 가슴이 비치기 때문에 스포츠브래지어를 했다. 브래지어 선이 드러날까 창피해서 머리는 묶지 않고 그대로 늘어뜨렸다.

나는 이제 누가 봐도 틀림없는 '여자아이'였다.

할머니는 병실에서 자주 웃게 되었다('언짢은 표정' 따윈 지금껏 한 번도 짓지 않았던 것처럼). 몸은 계속 말라갔고, 의사 선생님과 얘기를 나누는 엄마의 눈 밑은 날이 갈수록 칙칙해졌지만, 나를 바라보는 할머니의 흐뭇한 표정은 나에게 자긍심을 심어주었다.

"예쁘구나!"

이제 할머니는 가끔 엄마와 내 이름을 헷갈려서 불렀다.

"마키 짱, 정말 예뻐!"

그해 운동회에서 나는 난생처음 달리기 시합에서 1등

을 놓쳤다.

"예쁘네."

그 사람은 만나자마자 대뜸 그렇게 말했다. 나는 학교를 마치고 집으로 돌아가는 길이었다.

어쩌자고 그날은 평소와 다르게 주택단지 옆길을 혼자 걸어갔을까.

"2등 했지, 뛰뛰기."

그 사람은 달리기 시합을 뛰뛰기라고 했다. 어린애 같은 표현이었다. 그렇지만 아이는 내 쪽이고, 그 사람은 분명 훨씬 어른이었다. 역광이라 얼굴은 잘 보이지 않았지만, 키가 크고 머리가 벗어지고, 수염이 텁수룩하게 나 있었다. 머리를 빙그르르 돌려도 성립할 것 같은 얼굴이었다.

"예쁘네."

그날 집으로 돌아온 내 치마를 본 엄마는 당장 경찰에 신고했다.

나는 알몸이 되었고, 온몸을 샅샅이 조사받았고, 우엉처럼 박박 문질리며 씻겼다. 내 치마에는 남자의 그것(엄마는 그런 표현을 썼다)이 무슨 표시처럼 끈끈하게 들러붙어 있었던 것이다.

엄마는 나를 거칠게 씻기면서 이따금 이렇게 소리쳤다.

"거봐!"

나는 엄마가 하는 대로 몸을 내맡기고, 그저 가만히 있었다. 아프니까 박박 문지르지 마, 라는 말은 차마 할 수 없었다. 내 살은 며칠씩이나 얼얼하고 따끔거렸다.

학교에 전교집회가 열렸다. 엄마는 나에게 일어난 일을 입 다물고 조용히 넘길 사람이 아니었다. 선생님은 "우리 학교 학생"이라는 표현을 썼지만, 어느새 내 얘기는 모두에게 퍼졌다. 운동회에 기분 나쁜 남자가 있었다는 말, 주택단지 주변에 정신이 이상한 아저씨가 어슬렁거렸다는 말, 그런 얘기를 큰 소리로 주고받으며 모두 나를 위로했다.

"불쌍해라!"

남자는 잡히지 않았다.

나는 다시 바지를 입게 되었다. 엄마가 그러라고 했기 때문이었다.

"남자한테 이상한 기분을 품게 하면 안 돼."

그 치마는 버렸다. 버렸다기보다 불살랐다. 엄마가 마당에서 쓰레기와 함께 태워버린 것이다.

오빠들이 물려준 바지는 더 이상 맞지 않았다. 펑크 분위기 데님 바지도, 래퍼 분위기 저지도 엄마가 다 태워버렸다. 큰오빠는 럭비에 집중하기 위해 집을 나가 기숙사에서 살기 시작했고, 작은오빠는 야구는 그만뒀지만 머리를 금발로 물들이고 집에는 거의 들어오지 않았다. 엄마는 오빠들이 집에 남겨둔 물건들을 모조리 불태우기 시작했다.

"남겨두고 간 건 필요 없단 뜻이야!"

엄마는 '불사르는' 행위에 푹 빠졌다. 필요 없는 물건들을 남김없이 재로 바꿔버리는 행위에 완전히 홀려버린 것이다.

매일 학교에서 돌아오면, 마당에서 피어오르는 연기가 보였다. 엄마가 화가 났다는 증거였다. 그날 이후로 엄마는 계속 화가 나 있었다. 끊임없이 줄곧 화가 난 상태였다. 나에게 벌어진 일 때문일 테고, 남자가 잡히지 않았기 때문일 테고, 그런데 단지 그것뿐만이 아니라 여하튼 엄마는 모든 것에 화가 난 것처럼 보였다.

어느 날 마당을 보니, 엄마가 아직 살아계신 할머니의 옷까지 태우고 있었다. 집 안은 점점 깨끗해졌다.

내 옷장에는 새 바지가 나란히 걸렸다. 두툼한 데님 바지, 카키색 카고바지. 할머니는 나에게 일어난 일을 알지 못했다. 그 무렵에는 병실에 가도 할머니는 이미 내가 누군지 거의 알아보지 못했기 때문이었다.

뒤뜰 아저씨를 쳐다보게 된 계기는 그가 뭔가를 태우고 있어서였다. 수업 중에 창밖에서 피어오르는 연기를 보고 흠칫 놀란 사람은 분명 교실에서 나 혼자밖에 없었을 것이다. 연기가 시작된 곳을 찾아가보니 학교 관리인 아저씨가 있었고, 소각로에서 뭔가를 태우는 중이었다.

아저씨의 이름은 아무도 모른다. 학생들은 '뒤뜰 아저씨'라고 불렀지만, 아저씨는 거의 할아버지로 보였다.

뒤뜰 아저씨는 대부분의 시간을 안뜰에서 보냈다. (안뜰에 주로 있는데, 왜 뒤뜰이라고 부를까.) 분명 화단을 손질하거나 토끼를 챙기는 역할을 맡은 사람일 텐데, 대부분은 늘 소각로에 있었다. 인쇄물이나 망가진 나무의자. 몇 년씩 방치됐던 분실물 옷이나 낙엽. 마르고 썩어버린 수세미 덩굴손. 아저씨는 뭐든 다 태웠다. 내가 왜 지금까지 그 연기를 알아채지 못했는지 신기할 정도였다. 연기는 우리 반이 있는 3층까지도 거뜬히 올라왔는데.

나는 늘 아저씨의 모습을 교실 창으로 내다보았다. 창가 자리였던 게 다행이었다. 수업 시간에 멍하게 있게 된 나를 선생님도 같은 반 아이들도 나무라거나 못마땅하게 여기지 않았다. 나는 여전히 '불쌍한 아이'였다. ' ' 안에 있는 나는 조용했고, 그 안에 있는 한 안전했다. 모두 동정의 눈빛을 보내는 것 외에는 나를 거의 가만 내버려두었다. ' '의 힘은 절대적이었다.

이따금 내가 마치 투명한 유리 상자에 들어 있는 기분이 들었다. 그것은 너무 흔해빠진 감상이겠지만, 정말 그랬으니 달리 표현할 방법이 없다. 물속에 잠겼을 때처럼 모두의 목소리가 멀리서 들렸다. 여자애든 남자애든 나와 눈이 마주치면 각자의 방식으로 피했다. 남자애는 대체로 얼굴이 빨개졌다.

나는 심하게 말라버렸다. 그런데도 가슴은 작아지지 않았다. 같은 또래 여자애랑 비교하면 나는 분명 어른스러워 보였다.

매일 교실 창으로 아저씨를 바라보았다.

아저씨는 늘 뭔가를 태우고 있었다. 어떻게 저리도 매일 태울 물건이 나올까 감탄스러울 정도로 아저씨는 온갖 것을 태웠다.

나는 아저씨의 솜씨에 푹 빠져들었다. 저건 무리야, 저건 절대 타지 않을 거야, 그런 생각이 드는 물건인데도 아저씨의 손길만 닿으면 남김없이 연기가 되었다.

뭔가를 불사른다는 면에서는 엄마와 완전히 똑같은 행위였지만, 아저씨의 그것은 엄마와는 달라 보였다. 엄마가 뭔가를 처벌하듯이 태운다고 한다면, 뒤뜰 아저씨는 뭔가를 위로하고 어루만지는 방식으로 태웠다.

위에서 구경하는 것만으로는 성이 차지 않아서 어느 날 안뜰로 내려가봤다. 나는 소각로 뒤에 있는 화단에 앉아서 아저씨를 물끄러미 쳐다보았다. 그렇다고 말을 걸지는 않았다. 할 얘기도 없었고, 아저씨의 방식을 그냥 바라보는 것만으로도 충분했으니까.

아저씨는 나를 쳐다보지 않았다. 가끔 옆에 놓인 접이식 의자에 앉아 담배를 피웠지만, 그럴 때도 나를 쳐다보지 않았다. (아저씨는 담뱃불을 붙일 때도 소각로를 이용했다. 화상이라도 입으면 어쩌나 늘 조마조마했지만, 아저씨가 담배를 소각로에 가까이 대면 마법처럼 작은 불이 붙었던 것이다.)

그렇게 나를 쳐다보지 않는 사람은 처음이었다.

설령 마지막에는 시선을 피하더라도 다들 한번쯤은 나를 쳐다본다. 놀란 듯이 눈을 휘둥그레 뜨는 어른이 있는가 하면, 다정하게 웃어주는 여자애도 있고, 촉촉하게 젖은 눈동자로 나를 뚫어져라 응시하는 남자애도 있다. 그렇지만 아저씨는 나를 보지 않았다.

나를 알아채지 못한 건 분명 아니겠지. 나는 간혹 연기에 목이 막혀 기침을 했고, 늦은 오후 햇살이 내 그림자를 아저씨의 발밑까지 길게 드리우기도 했으니까.

아저씨가 나를 보지 않는 것은 다른 남자 어른들이 그러는 것과는 다르다는 생각이 들었다. 그 사건이 발생한 후로 성인 남자는 초등학교 여학생에게 말을 걸지 않게 되었다. 그 사건을 벌인 남자가 아직 잡히지 않았고, 조금이라도 길게 여자애를 봤다가 아이가 소리라도 지르면 큰일이라는 걱정 때문인지도 모른다. 남자 어른들은 우리를 보면 도망쳤다.

그러나 아저씨가 나를 쳐다보지 않는 것은 그런 이유 때문은 아닐 것이다. 얘기를 나눈 적은 없지만, 뒤뜰 아저씨가 그런 겁쟁이 어른은 아닐 거라고 나는 확신에 가까운 믿음을 가졌다.

그래서 어느 날 아저씨가 내게 이렇게 물었을 때, 나는 놀라지 않았다.

"뭐 태우고 싶은 거 없어요?"

나를 쳐다보지 않고 그렇게 말했지만, 나에게 한 말이라는 건 틀림없었다. 안뜰에는 아저씨와 나밖에 없었다. 나는 급기야 수업 중에도 당당하게 교실 밖으로 나오게 되었다. 몸이 안 좋다고 말하면 선생님은 바로 양호실에 가라고 허락해주었고, 내가 곧장 양호실로 가지 않고 안뜰에 있는 걸 알아도 아무 말 하지 않았다. 학생들에게 뭐라고 설명했는지는 모르겠지만, 정작 내가 그렇게 행동했으면서도, 선생님의 그런 방관적인 태도도 문제가 아닐까 내심 생각했다.

"태워요?" 내가 물었다.

"네, 뭐 태우고 싶은 거 없어요?"

아저씨는 정중하게 그 말을 되풀이했다. 수업을 빠져도 되느냐는 투의 질문을 하지 않는 게 좋았고, 날씨가 좋으니 어쩌느니 하는 바보 같은 소리를 하지 않아서 더더욱 좋았다. 아저씨는 명확하게, 나한테 볼일이 있느냐고 물은 것이다. 어른과 동등하게 대접을 받는 기분이었다(정중하게 존댓말로 말해주는 것도 기뻤다).

"태우고 싶은 거요?"

"네."

아저씨는 냉담했다. 그러나 그 냉담함은 나를 외톨이로 만들지 않았다.

나는 주머니에 손을 집어넣고, 꼬깃꼬깃 뭉쳐서 호두만 하게 된 휴지를 꺼냈다. 너무 작고 하찮아서 창피했다. 그렇지만 아저씨가 고개를 살짝 끄덕여줘서 용기가 났다.

"이건가요? 알았습니다."

그때 처음 아저씨의 얼굴을 똑똑히 봤다. 아저씨는 눈이 컸다. 부리부리하다는 형용사가 딱 들어맞았지만, 전혀 무섭지 않았다. 아저씨의 얼굴에는 종횡으로 깊게 팬 주름살이 가득했다.

아저씨는 조그만 휴지를 조심스럽게 소각로 안으로 던졌다. 작다고 아무렇게나 휙 던지지 않았다. 내 휴지는 분명 지금껏 그 어떤 휴지도 경험해보지 못했을 만큼 정중하게 불살라지는 것이다.

그 후로 나는 아저씨에게 매일 뭔가를 태워달라고 부탁하게 되었다.

급식에서 남긴 빵('아깝다'는 말을 하지 않는 것도 좋았다), 붓글씨 실패작('友達'*이라는 한자), 끊어진 머리 고무줄(책가방 바닥에서 찾아냈다). 아저씨가 매일 태우는 것들에 비하면 너무나 하찮았지만, 아저씨는 나를 절대 바보

---

* 친구라는 뜻.

취급하지 않았다. 내가 가면, 언제나 처음 만났을 때처럼 물어주었다.

"뭐 태우고 싶은 거 없어요?"

'오늘도 왔니?' 하는 식의 가벼운 농담은 결코 하지 않았다. 태우는 작업에 관한 한, 아저씨는 프로였던 것이다.

아저씨가 '예의 그 사건'을 아는지 모르는지는 상관없었다. 중요한 것은 아저씨가 나를 '불쌍한 아이'라는 ' '에 넣지 않았다는 사실이다. 아저씨는 나를 단지 매일 태울 것을 들고 오는 인간으로 예의를 갖추고 대해주었다. 나도 예의 바르게 대했다. 쓸데없는 얘기는 하지 않았고, 태울 수 있을지 없을지를 좀스럽게 미리 판단하지도 않았다. 태우는 일에 관해서는 아저씨에게 믿고 맡기면 아무런 차질 없이 진행되었다.

"뭐 태우고 싶은 거 없어요?"

뒤뜰 아저씨를 찾아가게 된 후로 처음 비가 내렸다.

아저씨는 물론 그 정도로 태우는 작업을 포기할 사람이 아니었다. 검은 우비를 입고, 소각로의 불길을 절대 꺼뜨리지 않았다.

나는 우산을 쓰고 갔다. 우비는 어린아이나 입는 거라고 생각했는데, 아저씨가 입으니 굉장히 멋졌다. 오히려 우산을 쓴 내가 겁쟁이고, 어린애처럼(실제로 어린애지만) 여겨졌다.

"뭐 태우고 싶은 거 없어요?"

그날 나는 태울 물건도 없이 그곳에 갔다. 비가 와서 긴장이 풀렸기 때문인지도 모른다.

그곳은 분명 태울 게 없어도 와도 되는 곳이었다. 그런데 그때 나는 태울 것도 없이 그곳에 온 게 부끄러웠다. 프로인 아저씨에게 엄청난 실례를 범한 것 같은 기분이 들어서였다.

"죄송해요."

사과하는 나를 아저씨가 가만히 바라보았다. 아저씨의 얼굴은 역시나 주름투성이였다.

"태울 게 없어요."

"그렇군요."

아저씨는 나를 계속 바라보았다. 어른에게 그렇게 긴 시선을 받는 것은 꽤 오랜만이었다.

“사과하지 마세요.” 아저씨는 그렇게 말했다. “태울 게 없는데, 굳이 무리해서 태울 필요가 뭐 있겠습니까.”

아저씨는 빙그르르 등을 돌리고, 하던 작업을 계속했다. 등을 돌린 후로는 나 같은 건 원래부터 없었다는 듯이 태우는 작업에만 집중했다.

아저씨가 쓴 우비 모자에 빗방울이 떨어졌다. 나의 작은 우산에도.

빗소리가 들렸다. 비가 우산을, 그리고 지면을 때리는 소리가 차츰, 차츰 커졌다.

“말을.”

내가 입을 열자, 아저씨가 일하던 손길을 멈췄다. 나는 아저씨가 나를 좀 더 봐주기를 원했다. 나를, 좀 더 확실하게 봐주길 원했다. 그리고 그런 나의 바람은 이뤄졌다. 아저씨가 천천히 돌아보았다.

“말을 태울 수 있나요?”

아저씨는 한동안 생각에 잠겼다. 이상해하는 표정도, 경멸이 섞인 표정도 짓지 않았고, 물론 그 ‘언짢은 표정’도

짓지 않았다.

"말을…… 태운다?"

"네. 말을 태울 수 있나요?"

나는 아저씨의 대답을 기다리지 않았다. 나는 아저씨가 입을 열기도 전에 이렇게 말했다.

"거봐."

그 순간 내 다리 사이가 냉랭해졌다. 비 때문은 아니었다. 비가 내려도 소각로 주변은 아주 따뜻했으니까.

"거봐, 라는 말을 태울 수 있을까요? 내가 치마를 입어서, 그런데 이상한 사람을 만났고 예쁘다고 했어요. 그래서 엄마가."

거기까지 말한 나는 입을 다물었다. 엄마 얘기를 하는 건 정정당당하지 않다는 생각이 들었고, 더 이상 말하면 울어버릴 것 같아서였다.

"안타깝지만, 말은 태울 수 없어요."

아저씨는 그렇게 대답했다.

우비의 모자 자락에서 빗방울이 뚝뚝 떨어져 내렸다.

"형체가 없는 것은 태울 수 없어요."

아저씨는 나보다 더 슬퍼 보였다. 형체가 없는 건 태우지 못한다는 사실을 나보다 훨씬 전부터 오랫동안 슬퍼해 온 것 같았다.

"그렇군요."

비와 연기에 에워싸인 아저씨의 모습이 부옇게 흐려지며 일그러졌다.

"정말로 태우고 싶은 것을." 아저씨는 그렇게 말한 후, 콜록 하고 기침을 했다. "태워주지 못해서 미안합니다."

아저씨는 그 말로 프로의 틀에서 아주 살짝만 벗어나 주었다. 쓸데없는 말을 하지 않는 것, 시시한 농담을 던지지 않는 면에서는 분명 아저씨를 따를 자가 없었는데.

"태우고 싶은 것."

오히려 내가 땀을 흘리고 있었다. 이마, 콧등, 겨드랑이, 허벅지.

"네. 도움이 되지 못해 미안합니다."

땀이 멈추질 않았다. 나는 엄마의 말을 떠올렸다. 분노의 봉홧불을 올리고, 모든 것을 불사르는 엄마의 모습을.

"엄마는."

내 심장이 두근두근 뛰었다. 앞머리가 흠뻑 젖었다.

"분명 내 잘못이라고."

움켜쥔 내 손안에는 엄마의 '거봐'가 쥐어져 있었다. 형체가 없는데도 너무나 차가워서 내 손바닥이 바르르 떨렸다.

거봐.

나는 알고 있었다. 엄마가 한 그 말이 어떤 의미인지.

할머니에게 보여주고 싶다는 핑계를 댔지만, 나는 사실 예뻐지고 싶었다. 치마를 입어보고 싶었다. 나는 그게 예쁘다고 생각했고, 모두 나를 예쁘게 봐주는 게 기뻤다.

거봐.

그날, 엄마의 뜻에 어긋나게 여자애답게 꾸민 것, 예쁘다는 남들의 말에 기뻐한 것에 대한 벌을 받았다고 생각했다. 나의 예쁜 치마가 '남자의 뭔가'에 더럽혀지고 만 것은 내 탓이라고. 전부 내 잘못이라고.

"내가 잘못해서."

아저씨에게 그런 얘기를 하는 게 부끄러웠다. 아저씨는 그대로 계속 프로로 있어주길 바랐다. 나 같은 건 무시하고, 그저 불길만 상대해주길 바랐다. 그러면서도 아저씨가 제발 나를 봐줬으면 하는 마음을 도무지 억누를 길이 없었다.

"학생은 잘못이 없어." 아저씨가 말했다.

아저씨의 목소리는 지금껏 들었던 소리 중에 가장 메말라 있었다. 메마르고, 강하고, 따뜻했다. 그야말로 불길 같았다. 물론 비 따위는 전혀 개의치 않았다.

"학생은 잘못이 없어요."

내 눈에서 뭔가가 주르륵 흘러내렸지만, 그것은 분명 눈물이 아니었다. 눈물보다 훨씬 끈기가 있고, 지독한 냄새가 났다. 어쨌든 나는 절대로 울지 않았다.

"나는."

나는 치마를 입고 싶었다. 치마는 예뻤다. 치마를 입은 나는 예뻤다. 예쁘게 보이는 게 기뻤다. 그랬더니 그런 일이 벌어졌다. 그 사람은 나에게 "예쁘다"고 말했다. 그 말조차도 기뻤다. 그렇다, 나는 기뻤다. 예쁘다는 말이 기뻤다. 그렇지만 나는.

"학생은 잘못이 없어."

나는 잘못이 없었다.

예뻐지고 싶은 마음은 잘못이 아니었다. 예쁘다는 말을 듣고 기뻤던 것은 잘못이 아니었다.

내가 예쁜 것은 잘못이 아니었다.

"학생은 잘못이 없습니다. 절대로. 알겠습니까?"

"네."

사실은 제대로 이해하지 못했다. 아저씨가 어떻게 그토록 강하게 단언할 수 있는지. 어떻게 '절대로'라는 표현을 쓸 수 있는지. 그렇지만 아저씨의 말은 내 몸을 따뜻하게 감싸주었다. 그것이 중요했다.

"나는, 잘못이 없다."

그렇게 말하자 내 손바닥도 따뜻해졌다. '거봐'는 아마 사라지지 않았겠지만, 계속 거기에 있겠지만, 그래도 이제는 떨리지 않았다.

"나는 잘못이 없다."

아저씨는 또다시 기침을 한번 하더니, 빙그르르 등을 돌렸다.

그 뒷모습만으로도 아저씨가 쑥스러워하는 걸 알 수 있

었다. 고작 이 정도의 짧은 대화라도 아저씨에게는 엄청난 수다였던 것이다.

아저씨는 잠시 멈췄던 일손을 메우듯이 열심히 태웠다. 오래도록 화단에 내동댕이쳐져서 납작하게 찌그러진 운동회 모자, 어디에 쓰였는지 도무지 짐작조차 할 수 없는 나무판. 백엽상* 속에 죽어 있던 벌.

나는 그 모습을 하염없이 바라보았다. 비는 그치지 않았지만, 내 몸은 계속 따뜻했다.

그야 내겐 잘못이 없으니까.

그날 밤 할머니가 돌아가셨다.

돌아가신 할머니는 불살라졌다. 그 연기를 바라보며 엄마는 모두가 깜짝 놀랄 만큼 큰 소리로 흐느껴 울었다. 엄마가 우는 모습은 난생처음 보았고, 엄마가 할머니를 '엄마'라고 부르는 것도 그때 처음 알았다.

---

* 기상 관측용 기구가 설비되어 있는, 작은 집 모양의 흰색 나무상자.

딸기

후 짱은 딸기를 재배했다.

커다란 반원형 어묵 같은 비닐하우스 두 개를 집 뜰에 빈틈없이 지어놓고, 아침에도 낮에도 밤에도(하긴 후 짱은 저녁 8시면 잠자리에 들지만) 온종일 딸기를 보살피며 키웠다.

후 짱의 본래 이름은 후타로(浮太郎)다.

그의 부모는 대관절 아들의 이름에 어떤 소망을 담으려 했을까. 뜬구름처럼 가볍고 경쾌한 인생을 살아가라고? 침착하지 못한 들뜬 아이로 자라라고? 아무리 상상력을 동원해봐도 후 짱의 부모님이 그런 결론에 도달한 이유를 알 수 없었다.

"좋아! 아들 이름은 후타로라고 하자!"

그럼에도 후 짱은 틀림없는 후타로였던 것이다.

후 짱과 나는 친가 쪽의 '먼 친척' 사이라고 들었다. 그런데 어떤 관계인지는 설명을 몇 번이나 들어도 결국 알 수 없었다. 사실상 피는 거의 섞이지 않았을 후 짱이지만, 그래도 나는 그가 좋았다.

후 짱은 규슈에 있는 할아버지의 뒷집에 살았다. 할아버지 할머니가 일찍 돌아가신 후로는 고향집을 거의 찾지 못하는 아빠 대신 할아버지 집을 관리해주었다. 할아버지 집의 열쇠를 맡아서 매일같이 창문을 열어 공기를 환기시키고, 먼지를 떨어내고, 몰래 숨어든 쥐를 쫓아내고, 어쩌다 아주 잠깐만 가는 우리 가족을 위해 언제나 쾌적한 상태를 유지해주었다. 정말로 '피는 거의 안 섞인' 관계였다면 이루 말할 수 없이 친절한 사람이다. 그런데 시골 작은 마을의 사람들이 대부분 그렇듯이, 우리 가족이 고향을 찾으면 어느새 현관에 채소나 쌀 같은 게 수북이 쌓여 있기도 하고, 우리가 외출한 사이에 비라도 오면 빨래를 걷어놓는 데서 그치는 게 아니라 가지런하게 다 개어놓을 때도 있었다.

나에게는 후 짱의 사진이 몇 장 있다. 가장 오래된 사진은 내가 돌이었을 때 찍은 것이다. 나를 안은 후 짱은 떨떠름한 표정을 짓고 있다. 귀여운 갓난아기를 안은 사람이 지을 만한 표정은 아니다. 계산해보면 그때 후 짱은 분명 쉰여덟 살 정도였을 텐데, 이미 완전히 '할아버지'였다. 새하얀 빡빡머리, 축 처진 눈꺼풀, 농기구에 끼여서 집게손가락이 사라진 왼손과 간신히 옷을 걸쳐놓은 것처럼 바짝 마른 몸.

내가 네 살 때도, 열 살 때도, 열다섯 살 때도 사진에 찍힌 후 짱은 조금도 변함이 없었다(갓난아기를 안은 사람에게는 어울리지 않는 떨떠름한 표정의 퀄리티도). 그런 한결같음은 살짝 무섭게 느껴질 정도다. 얼마 전에 찬찬히 다시 살펴보니, 후 짱은 모든 사진에서 똑같은 옷을 입고 있었다. 위아래 베이지색 작업복, 헐렁헐렁한 장화, 더러움이 탄 방식까지 모두 똑같아서 솔직히 섬뜩했다.

부인을 먼저 떠나보내고 자식도 없었던 후 짱은 계속

혼자 살았다. 그 마을을 벗어난 적이 없다고 이웃 사람들이 말했고, 아빠도 기억하는 한 후 짱이 어디에 가는 걸 본 적이 없다고 했다.

후 짱에게도 옛날에 딱 한 번, 도쿄에 상경할 기회가 있었다. '재미난 이름'이라는 이유로 〈와랏테 이이토모!〉*라는 프로그램에서 출연 제의를 받은 적이 있었다. 그런데 후 짱은 NHK밖에 안 믿는다는 이유로 출연 제의를 거절했다. 마을 사람들은 모두 타모리 씨**를 만날 수 있는데 아깝다며 아쉬워했지만, 후 짱은 타모리 씨를 몰랐고(!), 모르는 것에 대한 후 짱의 완고함은 유명했다.

예를 들면 후 짱은 구로네코야마토나 사가와큐빈 같은 운송업체는 신용하지 않았다. 옛날부터 있었던 우체국 배송만 이용했다. 껌도 롯데 그린껌 말고는 한눈을 판 적이 없었고, 담배는 하늘이 두 쪽 나도 '와카바'였다. '이거'라고 정하면, 평생 그것과 백년해로할 수 있는 사람이고, 새

---

* 후지텔레비전의 최장수 인기 예능 프로그램.

** 일본의 코미디언이자 가수, 배우, 사회자.

로운 것에는 결코 덤벼들지 않았다.

어릴 때 우리가 시골에 가면, 후 짱이 남동생과 나에게 준 것은 언제나 글리코* 캐러멜이었다. 남동생에게는 남자아이용, 나에게는 여자아이용을 줬다. 캐러멜은 맛있었고 얹어주는 덤은 기뻤지만, 그것은 내가 대학생이 될 때까지 계속되었다(학생에게는 글리코라는 수수께끼 같은 규칙이 후 짱에게는 있었던 것이다). 후 짱은 글리코 캐러멜이 중간에 사각형에서 하트 모양으로 바뀌었을 때, 우리에게 사과까지 했다. 그러고는 글리코에 욕을 퍼부었다. 그러고 보니 그린껌 포장이 바뀐 것에도 심하게 화를 냈다.

"경박스럽게!"

글리코나 롯데나 상품을 새롭게 바꿔가는 과정에서 '경박'했는지 어땠는지는 잘 모르겠지만, 그런 점에서 보면 후 짱은 분명 절대 경박하지 않았다. 그 이름과는 전혀 양립할 수 없을 만큼 강경파인 데다 완고했다.

집 화장실에 걸어두는 달력은 농협에서 받은 걸로 정해

* 일본의 유명한 과자 회사.

놓았다. 집에 있는 우물물 외에는 마시지 않았다(페트병을 혐오했다). 흙 상태는 조금 먹어보지 않고는 믿지 않았다. 호우가 쏟아지고 지진이 나도 아침 6시 반에 하는 라디오 체조를 빼먹은 적이 없었다.

멋진 사람이다, 후 짱은.

멋진 걸로 말하자면, 후 짱은 큰 뱀을 마구 휘둘러서 냅다 내동댕이칠 수 있었고, 어른 손바닥보다 큰 거미도 마구 휘둘러서 냅다 내동댕이쳤고, 닭을 사냥하러 오는 족제비도 마구 휘둘러서 냅다 내동댕이쳤다. 마구 휘두를 수 있는 것, 냅다 내동댕이칠 수 있는 것이면 모조리 그렇게 했다. 요컨대 그 자리에서 죽이지는 않았다.

"살아남을 수 있는 녀석만 살아남으면 돼."

그런데 그런 후 짱이 그 자리에서 바로 살생하는 장면을 딱 한 번 본 적이 있다. 내가 일곱 살 때였다.

남동생과 나는 후 짱을 따라 시골 마을을 산책하는 중이었다.

그것은 늘 있는 일이었다. 우리 남매가 시골에 가면, 후 짱은 의욕에 차 나타나서는 우리가 없는 동안 딸기가 얼마나 많이 자랐는지, 그리고 시골 마을이 얼마나 변했는지(우리 눈에는 변한 점이 전혀 보이지 않았지만) 설명해주며 동네를 한 바퀴 돌았다.

딸기 비닐하우스로 들어갈 때, 후 짱은 우리에게 고개를 숙이라고 요구했다. 아직 크지 않은 딸기를 볼 때도, 크기 시작한 딸기를 볼 때도 우리는 절대 딸기를 가볍게 여기면 안 됐다. "와, 귀엽다"라는 식의 감상은 금기였다. 그것은 딸기를 가볍게 여긴다는 의미이기 때문이었다(그런 이유로 우리 엄마는 후 짱의 비닐하우스에 들어갈 수 없었다).

우리는 거의 무언으로 하우스 안을 걸어 다녔고, 이따금 후 짱이 보여주는 딸기를 보며 엄숙하게 고개를 끄덕이곤 했다.

정작 고역은 수확 시기다. 그 시기에 딸기 비닐하우스에 들어가면, 우리는 배가 터지도록 딸기를 먹어야 했다.

"어떠냐? 어서 먹어!"

엄격했던 수확 전과 비교하면, 그 시기의 후 짱은 마치 축제의 한복판에 있는 것 같았다. 눈의 검은자위가 훨씬 커졌다.

"먹어! 어서 먹어!"

후 짱이 재배한 딸기는 그 지방의 고유 품종이었다. 달고 신선해서 정말 맛있었지만, 몇 개씩 몇 십 개씩 먹으라고 강요하면 질리게 마련이고, 남동생은 몇 번이나 토한 적도 있다. 후 짱은 남동생이 토한 것을 손으로 긁어모아 (우웩!) 비료로 쓸 수 없을까 고민했다. 철저한 금욕주의자 후 짱이었다. 아무튼 딸기에 관한 한 후 짱은 진지함을 넘어섰고, 그런 태도는 후 짱이 여덟 살 무렵부터 이어져 왔다고 하니 가히 무서울 정도다.

후 짱의 허리는 오른쪽으로 휘었다. 꼬리뼈부터 휘어서 몸 전체가 한쪽으로 기울었는데, 그것은 왼쪽에 딸기 수확용 바구니를 계속 달고 살았기 때문이라고 한다. 딸기를 위해 자기 뼈의 형태까지 바꿔버리는 사람인 것이다, 후 짱은!

그건 그렇고, 비닐하우스에서 몇 시간(정말로 몇 시간이다)을 보낸 후에는 마을을 걸어 다닐 차례다. 마을을 걸을 때 후 짱은 몇 미터 앞에서 걷고, 우리가 그 뒤를 따라가는 스타일도 변함이 없었다. 산책이라기보다는 거의 '행렬'

하는 분위기였다.

후 짱은 마을 일이라면 모르는 게 없었다. 각 논들의 경계선이나 재산 정도, 누군가가 키우는 개의 병이나 동네 사람들의 틀니 유무, 후 짱에게 걸려들면 그 마을에서는 비밀 따윈 절대 유지될 수 없었다.

"미야케 집 우물 속에 새끼 원숭이가 떠 있었지 뭐냐. 그래서 끌어올렸더니 아직 살아 있는 거라. 한동안 미야케 집에서 키웠는데, 어느 날 산으로 가버렸지. 그랬더니 미야케 집 할머니가 노망이 난 거야. 새끼 원숭이를 자기 자식으로 착각하고 매일 울었단다."

"고다마 집 며느리가 말이다, 도통 아들이 안 생긴다면서 그건 남편 씨가 나빠서 그런 거 아니겠냐고 했다지. 남편이 만날 컴퓨터에만 붙어살아서 남자 씨가 말라버린 거 아니겠느냐고. 그런데 얼마 전에 아들을 낳았는데, 어라 이상하네, 다른 아들이랑 다르다는 거라. 그 애가 리플 주인을 쏙 빼닮았다는 거지."

후 짱은 우리가 어린애라고 해서 아이들 언어로 얘기하지 않았고, 말하는 내용도 걸러내지 않았다. (예를 들면 우리가 '리플이 뭐예요?'라고 물어볼 권리는 없었다. 나중에 그 마을에 유일하게 있는 찻집 겸 바라는 것을 스스로 알아냈다.) 우리는 상당히 음란한 사정까지 알게 되었고, 후 짱이 그랬듯이 마을 사람들을 존칭 없이 이름으로만 부르기도 했다. 미야케, 고다마, 나가사키, 오타.

남동생은 그렇게 어린애로 취급받지 않는 걸 마냥 기뻐했다. 후 짱이 우리한테 맞춰서 걷는 속도를 늦추지 않는 것이나 아이에게는 위험한 산길인데도 거침없이 헤치고 들어가는 행동은 남동생의 자존심에 날개를 달아준 셈이다.

후 짱은 우리를 전혀 아이로 대하지 않았지만, 나는 아무래도 어른들 앞에서는 자꾸 어린애처럼 행동하는 면이 있었다. 특히 시골 어른들 앞에서는 더더욱. 예를 들면 할머니가 내준 새빨간 수박을 입을 크게 벌리고 베어 물거나(집에서는 조그맣게 잘라줘서 포크로 먹는다), 뜰에서 맨발로 걸어보거나(집에서는 매일 깨끗한 양말과 신발을 신는다), 닭 울음소리에 과장스럽게 놀라는 척하거나(유치원에서도 닭은 키웠다). 이미지로 치자면 〈이웃집 토토로〉의 메이나 사쓰키다. 앙큼한 아이이긴 했지만, 마음 한구석으로 그렇게 하면 어른들이 좋아한다고 믿고 있었다. 순진무구한 그런 행동은 내게는 일종의 서비스였던 셈이다.

"아."

달팽이가 내 눈에 띄었다. 집에서도 작은 건 본 적이 있지만, 시골 길을 꾸물꾸물 기어가는 달팽이는 남동생의 주먹만큼이나 컸다. 믿기지 않을 정도로 컸다.

그때도 나는 '커다란 달팽이에 감격한 모습을 보이자'고 생각했다. 물론 정말로 깊이 감격한 부분도 있었다. 그렇게 큰 달팽이는 난생처음 봤으니까. 그런데 그 진심으로 '감격한' 부분을 살짝 부풀리기로 했다. 우리를 아이로 대하지 않는 후 짱이었지만, 그의 자부심인 마을의 뭔가를 칭찬하거나 뭔가에 놀라움을 표시하면 후 짱도 기뻐할 거라는 마음에서였다. 그렇다, 나는 아직 후 짱을 기쁘게 한 적이 없었다. 설마하니 나의 그런 쓸데없는 배려가 달팽이의 처참한 비극을 초래할 줄은 꿈에도 모른 채.

"달팽이야!"

내 목소리에 후 짱이 돌아보았다. 나는 '우아, 이렇게 큰 달팽이는 난생처음이야' 하는 표정을 지어 보였다(그런 표정을 지으면, 시골 어른들은 대부분 기뻐했으니까).

"와, 크다!"

후 짱이 달려왔다.

"어디야!"

그렇게 민첩하게 움직이는 후 짱은 처음 봤다. 후 짱이 낯빛을 바꾸고 쏜살같이 달려오다니! 어쩌면 나는 엄청나게 희귀한 달팽이를 발견했을지도 몰라. 후 짱도 저렇게 기뻐해주잖아. 그렇게 받아들였다. 그런데 그게 아니었다. 후 짱은 귀신처럼 무시무시한 얼굴로 달팽이를 노려보더니 헐렁헐렁한 장화로 있는 힘껏 짓밟아버렸다.

"이런!"

바지직!

"이런! 이런! 이런!"

그것도 몇 번씩이나.

"이놈은 딸기를 먹어치워!!"

바직! 바직! 바지직!

후 짱에게 딸기는 무엇보다 먼저 보호해야 할 대상이고 소중한 존재며, 그렇기 때문에 딸기를 망치는 달팽이는 그저 최대의 적일 뿐이었다. (다시 말해 큰 뱀이나 거대한 거미, 족제비는 딸기를 노리지 않아서 목숨을 부지한 셈이다. 마구 휘둘러서 냅다 내동댕이치긴 했지만.)

가엾은 달팽이는 차마 눈 뜨고는 볼 수 없는 처참한 형상이었다. 껍질은 산산이 부서지고, 몸에서는 청록색 액체가 흘러나오고, 이루 말할 수 없이 역겨운 냄새가 났다. 지옥이었다.

솔직히 그 사건은 남동생과 나에게 트라우마가 되었다(남동생이 그 후에 나비를 잡아 날개를 잡아 뜯는 놀이에 푹 빠진 것은 그 사건과 관련이 있다고 생각한다). 살아 있는 생명체가 뭔가에 살해당하는 현장을(게다가 그토록 끔찍하게) 목격한 최초의 순간이었다.

나는 그 사건 이후로 후 짱 앞에서는 어린애 같은 행동을 두 번 다시 하지 않았다. 어린애 같은 유치한 내 행동이 초래한 비극이 역시나 깊은 트라우마가 됐기 때문이다. 그러자 후 짱에게는 신경 쓸 게 하나도 없었다. 그런 어른은 후 짱이 처음이었다. 그도 그럴 것이 나는 부모님에게조차 어딘지 모르게 착한 아이처럼 구는 구석이 있었기 때문이다. 그러면 모두 나를 귀여워해줬으니까.

그렇다, 나는 사랑을 듬뿍 받았다.

나는 가족과 친척의 좋은 점만 물려받았다. 자그마한 얼굴은 외할머니에게, 동그랗고 큰 눈은 엄마에게, 잘생긴 두상은 친할아버지에게, 늘씬하게 뻗은 다리는 아빠에게, 하트 모양 입술은 친할머니에게, 바짝 올라붙은 엉덩이는 외할아버지에게.

어린 시절부터 어른들은 나에게 '예쁘다'고 칭찬했고, 나는 내 외모가 불러오는 효과를 잘 알았기에 언제나 그에 어울리게 행동했다. 주제넘게 너무 나서지 말 것, 방긋방긋 웃을 것, 어쨌든 그때그때 자리에서 원하는 모습일 것. 그렇게 하면 다들 나를 언제까지고 귀여워해주었다. 후 짱 외에는.

후 짱은 나를 '예쁘다'고 여기지 않는 거의 유일한 어른이었다(나를 안은 그 사진의 떨떠름한 표정도 지금은 이해가 간다). 후 짱은 나를 이따금 찾아오는 제자쯤으로 여기는 것 같았다. 아무튼 나라는 사람에 관해서는 전혀 흥미가 없었고, 어떻게 하면 제자에게 딸기 맛을, 마을 상황을 잘 전달할지에 온 힘을 쏟아부었다.

초등학교 6학년이 끝나갈 무렵, 생리가 시작되었다.

반에서는 늦은 편이라 엄마는 걱정을 했고, 생리를 시작한 후로도 내 몸은 남자애처럼 홀쭉했다. 그런데 차츰 살이 오르기 시작한 반 아이들은 살이 전혀 찌지 않는 나를 부러워했다. 나는 오히려 둥그레진 가슴과 잘록한 허리를 가진 다른 애들이 부러웠지만, 학교를 마치고 집에 가는 길이나 친구들과 놀 때, 어른들이 나를 바라보는 눈빛이나 실제로 목소리를 내서 하는 말이 나를 조금 우쭐하게 만들었다.

"저 애는 모델 같네."

내 키는 계속 자라서 166센티미터가 되었다. 그래도 그때는 정말로 모델이 되고 싶은 마음이 없었다. 친구들과 함께 잡지를 보며, "○○ 짱 진짜 예쁘다!", "이런 옷 입어 보고 싶어!" 하고 천진난만하게 떠들어대는 평범한 여중

생이었다.

중학교 2학년 때, 처음으로 남자친구가 생겼다. 한 학년 위의 배구부 선배로 키가 178센티미터였다. 그 선배와 내가 함께 걸어가면, 굉장히 눈에 띄었다. 다들 부러워하는 표정을 짓는 걸 느낄 수 있었다. 나는 하늘을 날듯이 기뻤다.

그 선배와 첫 키스를 했다.

키스를 해서 그랬는지 내 가슴이 갑자기 커지기 시작했다. 점점 커졌고, 선배와 헤어진 고등학교 1학년 가을에 D컵에서 멈췄다. 그와 동시에 키도 성장이 멈췄다. 169센티미터. 우리 학교에 나보다 큰 여학생은 없었다. 나는 늘 맨 뒷자리에서 아이들을 바라봤다.

고등학교 2학년 여름, 모델 제의를 받았다. 처음 놀러 간 오모테산도에서 지금 일하는 기획사무실 사람이 말을 건넨 것이다. 길거리 캐스팅, 실제로 이런 일이 있구나 하는 생각이 들었다. 옆에 있던 친구가 나보다 더 흥분해서 그 사무실에 관해 자세히 조사하고, 이런 모델이 있네, 저런 모델이 있네, 하며 아주 상세하게 알려주었다.

물론 기뻤다. '모델 같다'는 말을 듣는 것과 진짜 모델은 완전히 다르다. 멋진 옷을 입고, 카메라 플래시를 받고, '연예인도 만날 수 있다!'는 게 친구들 의견이었지만, 정말 그럴 거라 생각했다. 나 역시 유행이나 연예계라면 무작정 덤벼드는 속물이었다(후 짱과는 다르다). 그 당시 〈와랏테 이이토모!〉에는 카리스마 모델이라 불리는 아가씨가 고정 출연자로 나왔는데, 내가 무척 좋아하는 개그맨이나 아이돌과 친하게 지내는 것 같았다. 그게 몹시 부러웠다.

부모님과 상의하자, 일단은 고등학교부터 졸업하고 대학에 다니면서 일하라는 조건을 붙여서 허락해주었다. 은근히 걱정했는데, 부모님도 왠지 설레는 것처럼 보였다. 나도 미래가 보였다는 점에서 기뻤고, 덕분에 입시 공부에도 전념할 수 있었다.

고등학교를 졸업하고 도쿄로 상경했다.

나의 전속 잡지는 이미 결정되어 있었다. 아직 고등학교에 재학 중이던 방학에 몇 번인가 편집부를 방문해서 편집장과 편집자와도 인사를 나눴다. 수염을 기르고 안경을 쓴 남자가 편집장이라는 말에 놀랐고, 편집부 사람들은 하나같이 나이를 가늠할 수 없었다. 나는 편집부에서 난생처음 게이라는 사람도 만났다.

“오오, 닮지 않은 분위기라 좋은데!”

“정말, 청순파 느낌이야!”

모두 나를 그런 식으로 표현했다.

“좋아, 신선하고!”

나는 ‘정통파 미소녀 모델’로 데뷔하게 되었다.

“나이는 좀 들었지만, 아직은 소녀로 더 밀고 나가도 되겠지.”

열여덟 살이 ‘나이는 좀 든’ 사람이라는 것도 그때 처음 알았다.

내가 실린 잡지를 처음 봤을 때의 흥분은 지금도 잊을 수 없다. 잡지는 사무실에서 집으로 보내주기로 했지만, 도저히 기다릴 수 없어서 발매일 0시에 편의점으로 사러 갔다. 나에게는 두 쪽이 할애되었다. 메이크업을 한 나, 멋진 옷을 차려입은 나는 틀림없는 나였지만, 그런데도 마치 내가 아닌 것 같았다.

부모님은 잡지를 30권이나 사서 이웃이나 친척들에게

나눠주었다. 물론 후 짱에게도 보냈다(그런데 언젠가 후 짱 집에 갔더니 길이가 다른 의자 다리 밑에 끼워둔 것 같았다).

잡지가 새로 나올 때마다 지명도가 올라갔다.

대학 교정을 걸어가면 "어머, 저 애……"라고 소곤거리는 소리가 들렸다. 정문 앞에서 기다리는 사람이 생겼고, "사진 같이 찍어주세요"라는 말을 들었을 때는 엉겁결에 소리까지 지를 뻔했다. 설마 내가 유명인 같은 대접을 받게 될 줄이야.

부모님은 나의 '정통파 미소녀 모델'이라는 홍보 방식을 마음에 들어 하는 것 같았다. 나는 수영복을 입고 다리를 벌리지도 않았고, 엄청나게 화려한 화장을 하고 도발적인 표정을 짓지도 않았다. 나의 전속 잡지는 보수적이었고, 여대생이나 직장 여성을 폭넓게 타깃으로 삼았다. 대학에서도 친구가 생겼지만, 나는 모델 친구들과 함께하는 게 훨씬 자극적이고 즐거웠다.

열두 살 때부터 모델을 했다는 스웨덴인과의 혼혈인 친구는 키가 173센티미터였다. 열네 살부터 술을 마셨고, 살 찐다며 밥은 안 먹고 진이나 보드카를 온더록스로 몇 잔씩이나 연거푸 마셨다.

모델이 되려고 고등학교를 중퇴한 아가씨도 있었다. 그 친구는 비밀번호를 입력해야 하는 술집에 데려가주었다. 그곳에는 내가 동경하던 연예인들이 무리 지어 있었고, 우리 계산은 어느새 누군가가 해주었다.

연예인을 만나는 것은 그런 술집만이 아니었다. 브랜드 론칭파티에 초대받으면 텔레비전이나 영화에서만 봤던 연예인, 개중에는 해외 유명인도 있었고, 모델 동료를 따라간 미팅에서는 같은 공간에 있다는 게 믿기지 않는 스포츠 스타도 있었다.

내가 처녀를 상실한 상대도 그런 자리에서 만난 스포츠 스타 중 한 사람이었다. 많이 좋아했던 사람은 아니었지만, 필드에서 활약하는 모습을 봐왔던 터라 나에게 작업을 걸어준 것만으로도 기뻤다.

그 사람은 내가 처녀였다는 사실을 알고는 무척 놀랐다. 기뻐하는 게 아니라 '뒷걸음질 치는' 느낌이었다. 나는 그 나이까지 처녀라는 게 부끄러웠다. 그리고 동시에 더 이상 처녀가 아니라는 사실에 안도했다. 그 사람은 그로부터 두 달 후, 유명한 여배우와 결혼했다.

내 세계는 점점 넓어졌다. 술맛도 알았고, 술집 비밀번호도 외웠다. 많은 사람들에게 몸을 열었고, 애인을 몇 명이나 만들었으며, 〈와랏테 이이토모!〉에 나왔던 동경하던 연예인과도 친해져서 야후뉴스에 한 번 실렸다. 나이에 맞지 않는 명품 핸드백을 갖게 됐고, 휴가가 생기면 남프랑스나 발리로 떠났다. 유명한 헤어디자이너에게 머리를 했고, 허리에는 조그맣게 타투를 새겼다.

그런데도 나는 여전히 '정통파 미소녀 모델'이었다. 잡지에서는 보수적인 옷을 입고 귀엽게 웃으며 변함없이 부모님을 줄곧 안심시켰다. 그러나 고향집에 가는 횟수는 줄었고, 당연히 후 짱이 사는 시골 마을에 갈 시간은 아예 없었다. 후 짱은 내 연락처를 몰랐고, 알았다고 해도 애초에 나에게 연락할 사람이 아니었다. 나는 언제부터인가 작은 시골 마을에서 한결같이 딸기를 키우는 후 짱을 잊어버렸다.

세계는 점점 확장되어갔다. 멈추지 않고 넓어졌다.

어느 날, 정신을 차려보니 나는 스물아홉 살이 되어 있었다.

해마다 생일 축하를 받았으니 그만큼 나이를 먹은 건 당연한데, 내가 스물아홉 살이 됐다는 사실이 믿기지 않았다. 그도 그럴 것이 1년만 지나면 서른 살인 것이다.

그 몇 년 사이에 나는 전속 잡지를 졸업했다. 연령대가 조금 높은 보수적인 잡지로 옮겼지만, 그 잡지에서도 슬슬 졸업할 때라는 말을 들었다. 모델 동료들 중에는 결혼해서 출산한 친구도 있었고, 사무실과 상의 없이 머리를 싹둑 자르고 최신 유행 모드 잡지로 옮긴 사람도 있었다.

언제부터였을까, 나는 내 몸을 콤플렉스로 여기게 되었다. 내 다리 모양이 예쁘지 않다고 생각했고, 169센티미터는 작았고, 어깨에는 아름다운 근육 선이 잡히지 않았다. 하트 모양 입술은 신선미가 없었고, D컵이나 되는 가슴은 왠지 촌스러웠으며, 큰 눈도 단지 크기만 할 뿐 섹시함이 없었다.

업계에는 새로운 모델들이 잇따라 등장했다.

모두 놀라울 정도로 얼굴이 작고, 팔다리가 길었으며,

세련된 이목구비를 지녔다. 파리 컬렉션에 출연한 경험이 있다는 열여섯 살 소녀, 밴드에서 보컬을 맡고 있는 열아홉 살 아가씨, 의대에 다니면서 모델을 한다는 스물두 살 아가씨. 모두 내게는 없는 요소를 갖춘 것 같은 기분이 들었다. 언제까지고 보수적인 이미지로 남아 있는 내가 부끄러웠다.

성형을 고민한 것은 스물여섯 살 때였다. 결단을 내리기까지 시간은 별로 걸리지 않았다. 허벅지 지방을 흡입하고, 턱을 깎았다. 일주일에 나흘은 헬스장에 다니고 식사량은 줄였다. 영어 회화와 기모노 입는 법, 그리고 승마를 배우기 시작했다. 자동차를 새로 바꿨다. 새 아파트로 이사했다. 인스타그램을 시작했다. 타투 디자인을 바꿨다. 여전히 내 세계는 확장되어갔지만, 그것이 어느 방향을 향하고 있는지는 알 수 없었다.

시골 마을에 돌아온 것은 겨울이었다.

아빠의 큰어머니가 돌아가셔서 주말에 다녀오겠다고 전화한 엄마에게 "나도 갈래"라고 하자, 엄마는 무척 놀라워했다.

"왜?"

분명 놀랄 만하겠지. 나는 그 마을을 10년가량 찾지 않았고, 아빠의 큰어머니는 거의 만난 적도 없었기 때문이다. 솔직히 나 자신도 놀랐다. 그 주말에는 가마쿠라에서 서프요가를 하기로 예정이 잡혀 있었고, 그곳에서 하룻밤을 묵으며 새로 생긴 유기농 농산물 가게에 가보자고 모델 동료와 약속해둔 상황이었다. 그런데 나는 아주 자연스럽게 친구에게 약속을 취소하는 연락을 하고, 서둘러 표를 사서 눈 깜짝할 새에 이렇게 시골 마을에 돌아온 것이다.

갑자기 장례식에 조문하러 온 나를 보고 다들 깜짝 놀랐다. 내가 모델로 일하는 것은 모두가 알고 있었고, 개중에는 내가 나온 잡지를 빠짐없이 갖고 있다는 '먼 친척' 여자애까지 있었다. 그렇지만 그 말은 예전처럼 나를 기쁘게 하진 못했다. 돌아가신 아빠 큰어머니의 관을 들여다봤지만, 여전히 누구인지 잘 몰라서 왠지 좀 송구스러웠다.

장례식에는 후 짱도 와 있었다.

후 짱의 얼굴을 보고 나서야 나는 비로소 내가 후 짱을 만나고 싶었던 거라고 깨달았다. 그리고 그걸 깨달은 후에도, 그런데 왜 후 짱을 만나고 싶었는지 이유는 알 수 없었다.

"후 짱."

말을 건네자, 후 짱은 고개를 끄덕였다. 내가 갖고 있는 사진과 조금도 다르지 않았다. 거의 아흔 살이 다 됐을 텐데, 하나도 변하지 않았다. 나는 몰래 후 짱의 사진을 찍어서 남동생에게 보냈다(남동생은 다행히 사이코패스가 안 되고, 건전하게 성장했다). 남동생에게서 '하나도 안 변했네, 대박'이라는 답장이 왔다.

나도 후 짱의 한결같은 모습에 감동했지만, 후 짱은 나를 만난 걸 기뻐하지 않았고, 전혀 반갑지도 않은 것 같았다. 내가 모델 활동을 하는 것이나 야후뉴스에 실렸던 과거에 관해 다른 사람들처럼 떠들어대지도 않았다. 후 짱은 절대적으로 후 짱인 것이다.

"딸기 보러 갈래?"

후 짱에게는 딸기밖에 없는 것이다!

오랜만에 들어간 비닐하우스는 왠지 좀 초라해 보였다. 비닐이 부옇게 흐려지고, 한쪽 귀퉁이에 감아둔 호스에는 곰팡이 같은 게 피어 있었다. 그러나 딸기는 훌륭했다. 변함없이 반들반들 윤이 나고, 싱싱하고, 당당했다.

"먹어! 어서 먹어!"

후 짱의 공격은 전혀 약해지지 않았다. 비틀어 딴 딸기를 잇따라 내던지듯 나에게 건넸다. 물론 맨 처음 한 알은 맛있었다. 다음과 그다음 한 알도. 그런데 네 번째부터는 당분이 걱정되기 시작했고, 다섯 번째는 완전히 질렸다.

"후 짱, 이렇게 많이는 못 먹어요."

이제는 나도 어른이었다. 후 짱에게 그런 말을 할 수 있게 되었다. 그야 이제 조금 있으면 서른이니까. 후 짱은 이상하다는 듯이 나를 쳐다봤고, 그러면서도 아무 말도 하지 않았다. 나는 원숭이 같은 후 짱이 조금 가여운 마음이 들었다.

"괜찮으면 집으로 보내줄래요? 딸기."

그것은 좋은 아이디어 같았다. 집으로 보내준 딸기 사

진을 찍어서 인스타그램에 올리자. 딸기는 인스타그램에 올리기도 좋고, 시골 할아버지가 보내줬다고 하면 호감도도 높다. 촬영 현장에 가져가면 다들 좋아하겠지.

"어디로?"

딸기에 관한 일이면, 후 짱은 순식간에 의욕이 샘솟는다. 며칠 후면 틀림없이 우체국 택배로 딸기가 도착할 것이다. 절대 야마토나 사가와가 아니고.

"도쿄. 말 안 했어요?"

"도쿄?"

후 짱의 큰 귀가 실룩실룩 움직였다. 정말로 원숭이 같았다. 검지가 없는 손으로 그 귀를 긁적이더니 후 짱이 이렇게 말했다.

"도쿄라면 도치오토메랑 아마오 품종이 격전을 벌이는 곳이지."

허, 하는 소리가 무심코 흘러나왔다. 대체 무슨 말을 하는 걸까. 내가 뭐라고 입을 열기도 전에 후 짱이 다시 한 번 말했다.

"음, 그래, 도치오토메랑 아마오가 격전을 벌이는 곳이지."

단호한 태도였다.

이 정도로 딸기가 중심이라니, 후 짱은 가히 무서울 정도다. 실제로 나는 후 짱이 무서웠다. 그래서 바로 큰 소리로 웃었다.

후 짱은 내 웃음소리도 개의치 않았다. 신속하게 딸기 포장 작업에 들어갔다. 물론 나도 거들게 했다. 말도 안 돼, 라고 소리를 지르고 싶을 만큼 엄청난 양의 딸기를 포장해야 했다.

딸기를 포장하면서 나는 머릿속으로 딸기잼 만드는 광경이나 타르트 만드는 광경을 상상했다. 그리고 그것을 인스타그램에 올리는 광경을. 그러나 그런 상상은 곧바로 다른 상상으로 교체되었고, 그것은 좀처럼 머릿속에서 사라지지 않았다. 강렬했다.

도쿄의 모든 장소에 딸기가 나타나는 장면이다.

브랜드 론칭파티, 스튜디오 촬영 현장, 현격하게 횟수가 줄어든 미팅 자리. 딸기는 넘치고 넘쳐나서 모든 장소를 석권했다. 어느 것이 도치오토메고, 어느 것이 아마오인지 솔직히 잘 모르겠지만, 어쨌든 그 장면은 내 기분을 좋아지게 했다. 기분이 아주 좋았다.

결국 나는 저녁때까지 딸기 포장 작업을 해야 했다. 손가락이 빨갛게 물들고, 허리가 아팠다.

"어!"

후 짱이 하우스 안에서 겨울잠에서 깬 뱀을 발견했다. 당연히 잡아서 마구 휘두르다 냅다 내동댕이쳤다. 나는 무서워하지 않았고, 비명도 지르지 않았다. 후 짱에게는 그런 서비스가 필요치 않다는 걸 익히 알고 있었다. 그 뱀은 계속 살아남을 것이다. 딸기를 먹지 않으니까.

손녀 역할

할아버님이 우리 집에 살게 되었다.

할아버님은 나가노 현에서 대학 교수로 일한다. 도쿄에서 학회가 열리고, 게다가 미술사 전공인 할아버님에게 미술관 기획전의 감수(그게 어떤 일인지는 모르겠지만)를 해 달라는 의뢰가 들어왔고, 최후의 일격으로 오랜 친구분의 손자 결혼식에 초대받은 것이다.

거의 한 달간 나가노에서 오가기도 호텔에서 지내기도 힘들 테니, 엄마가 우리 집으로 오라고 제안했다.

할머님은 3년 전, 내가 초등학교 3학년이었을 때 돌아가셔서 할아버님은 그 후로 줄곧 큰 집에서 혼자 살았다. 영국제라는 검은색 작은 자동차로 학교에 다니고, 혼자 밥을 차려 먹는다. 돈지루*를 딱 1인분만 만들 수 있다.

할아버님은 엄마의 아빠다. 그런데 엄마는 할아버님을 전혀 닮지 않았다. 그렇다고 할머님을 닮았느냐 하면 그것도 아니다. 이런 말을 하는 나는 엄마를 쏙 빼닮았다.

엄마는 외동딸이었고, 나도 외동딸이다. 아빠는 4형제 중 셋째아들로 매일같이 활기가 넘치는 가정에서 자라 나에게도 형제가 있었으면 하고 바란 듯한데, 엄마가 자기는 애정을 혼자 독차지할 수 있어서 행복했다고 말했단다. 분명 내 방은 엄마랑 아빠 침실보다 햇볕이 잘 들었고, 거실에는 소음 기능이 달린 개인용 피아노가 놓여 있었고, 코커스패니얼인 러브는 내가 어릴 때 졸라서 키우게 된 개다. 나 역시 딱히 형제가 있었으면 하는 생각을 해본 적이 없다.

할아버님이 쓰실 방은 거실과 장지문으로만 나뉜 세 평

---

* 돼지고기 된장국.

남짓한 방이다. 원래는 다다미방이었는데, 엄마는 고작 한 달을 위해 그 방에 카펫을 깔고, 간이침대를 렌트했다.

"아버님은 틀림없이 침대에서 자고 싶을 거야."

할아버님이 오기로 결정 난 후, 엄마는 이루 말할 수 없이 분주했다. 집 안 구석구석을 반짝반짝 윤이 나게 닦고, 근처에 있는 멋진 산책 코스를 샅샅이 찾아내고, 할아버님이 좋아하는 요리를 중심으로 한 달치 식단을 완벽하게 짜놓았다. 그렇게 하지 않으면 할아버님이 화를 내거나 성미가 괴팍한 사람이라서가 아니라, 그냥 엄마가 스스로 원해서였다.

처음에 할아버님은 우리 집에서 묵는 걸 무척이나 꺼렸다. 호텔에서 묵어도 되고, 나가노에서 오갈 수도 있다면서. 그러나 엄마가 그것을 허락하지 않았다.

"부담 갖지 마세요, 가족이잖아요!"

엄마가 수화기에 대고 그렇게 말하는(거의 비명에 가까운) 소리를 몇 번이나 들었는지 모른다. 엄마는 어떻게든 할아버님이 우리 집에 오길 바랐던 것이다. 우리 집에 오고, 그리고 한 달 내내 같이 살아주길 바랐다.

"엄마는 파더 콤플렉스라 그래."

아빠가 나에게 몰래 속삭였다.

"스미레도 파더 콤플렉스면 좋을 텐데."

나는 툭 튀어나온 아빠의 배를 있는 힘껏 때렸다. 그렇게만 해줘도 아빠는 요즘 엄청 기뻐한다.

딱히 반항기는 아니다. 아빠가 세면실을 사용한 후, 세면대 곳곳에 떨어져 있는 수염을 보면 솔직히 기분이 좋지 않았다. 그리고 낫토*를 먹는 아빠 입에서 낫토의 실이 끈적끈적 늘어지는 모습을 보면 '우웩' 하고 구역질이 날 때도 있지만, 아빠가 썰렁한 농담을 하고 내 눈치를 힐끔힐끔 볼 때는 "재미없거든"이라며 핀잔을 주고(요컨대 무시하지는 않는다), 아빠가 피아노 발표회에 참석하는 것도 허락해준다.

그런데 내가 보기에도 '할아버님과 같이 사는' 것에 대한 엄마의 열정은 대단했다. 엄마는 진심으로 기뻐하는 것 같았고, 그와 동시에 몹시 긴장한 것처럼 보이기도 했

---

* 삶은 콩을 발효시켜 만든 일본 전통 음식.

다(1등이 걸린 운동회 전날처럼). 다른 무엇보다 나는 자기 부모를 '아버님'이라고 부르는 사람은 엄마 외에는 본 적이 없었고, 학교 친구들도 아무도 '할아버님'이라고 부르지 않았다(물론 나도 다른 사람들 앞에서는 '할아버지'라고 부른다).

어릴 때는 1년에 두세 번 정도 나가노 집으로 놀러 갔다. 특히 여름에는 나가노가 도쿄보다 훨씬 시원하니 쾌적해서 좋았고, 할아버님 댁에는 다락방과 난로가 있었고, 정원에는 클레마티스와 들장미, 시계꽃이 가득했다. 아무튼 굉장히 멋졌다. 마치 그림책에나 나올 법한 집에서 사는 할아버님과 할머님도 그 집에 딱 들어맞는 두 분이었다. 그런데 내 인상에 더 깊이 남아 있는 쪽은 단연코 할아버님보다는 할머님이었다.

할머님은 굉장히 품위가 있었다. 그리고 멋졌다. 백발을 이상한 색으로 염색하지 않았고, 본래 자기 이는 하얗고 반들반들 윤이 났다. 목공예가 특기였고, 일주일에 세 번은 수영장에서 1킬로미터나 수영했다. 잘 웃고 다정하고 화사했던 할머님은 만나는 사람마다 다 좋아했다.

할아버님은 할머님의 그늘에 숨어 지낸 건 아니지만, 늘 할머님 옆에 조용히 있는 사람이라는 느낌이었다. 할아버님도 할머님 못지않게 품위 있는 사람이다. 역시 백발을 염색하지 않았고, 키가 아주 컸고, 집에서도 옷을 제대로 갖춰 입었고, 굉장히 멋쟁이였다. 나에게 용돈을 후하게 줬고, 언제나 미소를 머금으며 다정했지만, 같이 놀아준 기억은 없다. 나가노 집에 놀러 가면, 한동안 거실에서 빙그레 웃으며 앉아 있지만, 머지않아 서재로 들어가버렸다.

"아버님은 공부를 좋아하셔."

할아버님에 관한 얘기를 할 때면 엄마는 언제나 자랑스러워하는 것 같았다.

엄마가 자기 가족을 자랑스럽게 여기는 마음은 나도 충분히 이해했다(나랑 아빠도 엄마 가족이긴 하지만). 할아버님과 할머님은 정말로 완벽한 부부였다. 그래서 할머님이 심장병으로 갑자기 돌아가셨을 때는 눈물이 멈추질 않았고, 혼자 남아버린 할아버님이 진심으로 걱정스러웠다.

그런데 할아버님은 혼자 사는 것을 불편하게 여기는 타

입은 아니었던 모양이다. 할머님이 돌아가셨을 때는 물론 몹시 상심했고, 1년 정도는 정말로 멍하니 지내는 것 같았지만(그동안 엄마는 틈만 나면 나가노에 가서 할아버님을 보살펴드렸는데 엄마는 그 사명감으로 슬픔을 딛고 일어선 셈이다), 어느새 일상을 되찾고 마치 예전부터 쭉 혼자였던 것처럼 담담하게 살아갔다(돈지루를 정확히 1인분만 만드는 특기를 가진 사람이 되었다).

냉정하다는 뜻은 아니다. 그렇기는커녕 다정하다. 그렇지만 할아버님은 일반적인 '다정한 사람', '조용한 사람'과는 다른, 서늘한 분위기를 머금은 듯한 기분이 들었다. 그 느낌은 잘 설명할 수 없었고, 누구에게 설명할 마음도 없다. 할아버님은 할아버님이었고, 1년에 고작 몇 번 만날 뿐이라 아무런 문제도 없었다.

그래서 할아버님과 한 달이나 같이 산다는 말을 들었을 때는 왠지 좀 움츠러들었다. 그런 경우는 처음이라 예상이 안 돼서, 나는 기쁨을 느끼기보다 왠지 모를 경계심부터 품어버린 것이다.

할아버님이 우리 집에 오신 날에는 비가 내렸다.

아빠가 역에 도착한 할아버님을 마중하러 나갔다. 아빠는 몹시 긴장했고, 그런 기운이 전염돼서 러브와 나도 우왕좌왕 어쩔 줄을 몰랐다(러브는 평소와 다르게 손님용 슬리퍼를 물어뜯어서 엄마에게 호되게 야단을 맞았다).

집에 도착한 할아버님은 비를 한 방울도 맞지 않았다. 왼손에 우산을 들고 있었고, 그 밑에 쏙 들어가 있었다. 나는 한쪽 어깨나 바짓자락도 적시지 않은 할아버님을 보며 '대단하다'고 생각했다. 할아버님은 주름 하나 없는 옅은 녹색 셔츠와 짙은 갈색 바지를 입고, 하늘색에 가까운 회색빛 얇은 코트를 걸치고 있었다. 언뜻 보인 양말은 하늘색과 갈색 줄무늬였고, 구두는 반짝반짝 빛이 났으며, 말끔하게 정리한 머리는 더없이 청결했다.

"아버님!"

엄마는 거의 비명에 가까운 소리를 질렀다. 슬리퍼를 내주고, 비를 한 방울도 맞지 않은 할아버님을 위해 수건을 꺼내왔고, 이유는 모르겠지만 내 머리를 마구 흐트러뜨리며 쓰다듬었다. 완전히 패닉 상태였다.

"스미레예요, 스미레! 봐요, 많이 컸?"

분명 '많이 컸죠?'라고 말하고 싶었을 것이다. 그러고 보니 할아버님을 만난 건 1년 전이었고, 그동안 내 키는 8센티미터나 자랐다. 그런데 그게 왠지 부끄러워서 나는 살짝 목인사만 했다.

할아버님은 정중하게 고개를 숙이고 "신세 좀 지겠습니다"라고 말했다.

무슨 소리예요, 남남도 아니고 가족인데, 아이 정말, 엄마는 여하튼 이런저런 말들을 외치고, 할아버님을 끌고 갔다. 회오리바람이 휩쓸고 지나간 것 같았다. 그 자리에 남겨진 나는 따분하고 난처해서 러브를 쓰다듬었다. 러브도 뭔가에 압도되어 있었다. 조그맣게 방귀를 뀐 후, 부끄러운 듯이 꼬리를 흔들었다.

온 집 안에 엄마 목소리가 울려퍼졌다. 여기가 목욕탕, 여기가 아버님 방인데 침대를 놨어요, 추울 때는 이걸 걸치고 2층에 베란다가 있으니까 기분전환으로…….

"엄마는 파더 콤플렉스야."

뒤늦게 들어온 아빠가 또다시 그 말을 했다. 큰 우산을 들고 갔는데도 아빠의 왼쪽 어깨는 흠뻑 젖어 있었다.

할아버님이 집에 있는 건 이상한 느낌이었다.

핏줄로 이어진 가족인데도 타인과 함께 사는 기분이 들어서 미안했다. 그렇지만 이를 닦는 할아버님과 세면실에서 딱 맞닥뜨리면 무심코 "허억" 하고 소리를 질렀고, 엄청나게 호화로운 저녁 식탁을 다 같이 둘러싸고 앉았을 때는 아무래도 억지 미소를 짓고 말았다. 나뿐만이 아니다. 아빠도 러브도 왠지 어색해했는데, 활기가 넘치는 사람은 엄마뿐이었다.

"아버님이 주신 피아노는 스미레가 쳐요. 아 참, 스미레, 피아노 연주 좀 해드려!"

"당신 브로콜리 좋아하죠. 아버님도 좋아해요. 이건 유기농 채소만 파는 가게에서 샀으니 안심해도 돼요!"

"러브는 원래 굉장히 영리해요. 슬리퍼를 물어뜯은 건 이번이 처음이에요, 그렇지 러브?"

나는 피아노 앞에 앉아 소나티네를 쳤고, 아빠는 브로콜리를 여섯 개나 먹었으며, 러브는 얌전하고 착하게 굴었다(슬리퍼를 세 개나 못쓰게 만들었지만).

우리 집인데도 왠지 몹시 피곤했다. 내가 긴장을 푸는 시간은 밤에 잠을 잘 때뿐이었다. 모두에게 정중하게 안녕히 주무시라는 인사를 건네고 내 방으로 들어오면, "아아" 하는 소리가 저절로 흘러나올 만큼 힘이 쭉 빠졌다. 침대에 누워 있을 때는 감은 눈꺼풀 속에 '앞으로 남은 날짜' 숫자가 떴다. 이런 생각을 하면 안 돼, 할아버님은 나에게 소중한 사람이니까, 그렇게 생각하면 할수록 숫자는 점점 짙어졌다. 나는 손녀로서 냉정하고 못된 아이였다.

그런데 할아버님은 나의 그런 속내는 전혀 눈치채지 못하는 것 같았다. 엄마가 만든 요리를 빙그레 웃으며 드셨고, 이따금 감탄사를 흘렸고, 러브를 다정하게 쓰다듬었고, 식사 후에는 차를 마시며 아빠와 대화를 나눴다. 나에게 용돈을 주었고, 좋은 책을 선물해줬고, 가끔 선물로 먹음직스러운 케이크를 사오셨다. 집에서도 말끔하게 옷을 차려입었고(셔츠에는 절대 주름이 없었고, 언제나 새 양말을 신고 있었다), 슬리퍼 소리를 내지 않고 걸을 수 있었다. 욕조에 뜬 흰 머리칼을 본 적도 없었고, 방귀를 뀌는 건 당치않았다. 할아버님은 항상 완벽했다.

"아버님은 언제나 그러셨어. 정말, 정말로 멋진 아버님이라 난 늘 행복했지!"

저녁식사 자리에서 엄마는 부끄러워하지도 않고 그런 말을 했다(거의 외침에 가까웠다).

엄마는 솔직하고 순수한 사람이었다. 열두 살인 내가 보기에도 믿기지 않을 정도로 솔직하고 순수하고 올곧은 사람이었다. 운동회에 오면 입장할 때부터 눈물을 글썽였고, 피아노 발표회에서는 연주가 끝나면 벌떡 일어나서 박수를 쳤다(가끔은 삑 하고 휘파람까지 불었다). 곤경에 처한 사람이 있으면 얼른 도왔고, 잘못된 일에는 분명하게 잘못됐다고 말했으며, 우리 집 범위보다 훨씬 넓게 길목을 깨끗이 청소해서 이웃 사람들도 엄마에게 고마워했다.

아빠도 엄마의 그런 점을 좋아했다고 한다. 아빠도 솔직하고 순수한 사람이었다. 부탁을 받으면 거절을 못 하는 성격이라 모두가 잘 따랐고, 지브리와 디즈니를 무지 좋아해서 남자인데도 감동하면 개의치 않고 울었고, 우리 집에 놀러 오는 내 친구들에게도 인기가 많아서 "스미레 아빠는 귀여워"라는 평까지 들었다.

우리 집에서는 왜 그런지 나만 삐딱한 사람인 셈이다.

감정이 식은 건 아니지만, 아빠와 엄마처럼 뭐든 순수하게 감동을 표현할 수는 없었다. 솔직히 운동회는 뭐 때문에 하나 싶고, 피아노 발표회도 프로가 될 것도 아닌데 하는 마음이 들었다. 학교 친구들이 싫지는 않지만, 상당한 빈도로 어린애 같다고 느꼈고, 방과 후까지 오순도순 친하게 지내려 해서 버거웠다. 그래도 늘 상황을 관찰하는 경향이 있어서 선생님이나 어른들 앞에서 요령껏 행동할 수 있었다. 그러면서도 "스미레는 정말 착한 아이구나"라고 칭찬하는 어른들을 마음속 한구석으로 우습게 여기곤 하니 심성이 못됐다. 심성이 못됐다는 생각은 하고 싶지 않지만, 아무래도 최근에는 내 자신이 너무 싫었다. 야비하고 교활한 인간 같아서.

할아버님만 해도 그렇다. 입으로는 "할아버님이 오셔서 기뻐요"라느니 어쩌느니 하면서 방에 들어오면 그렇게 편안해하다니 비겁하다, 음흉하다, 냉정하다. 접대용 겉치레 미소는 특기고, 예의 바르게 행동하는 것쯤은 식은 죽 먹기다. 아아, 못된 손녀!

나는 우울했다. 달력을 보니 할아버님과 같이 살 날은 아직 반도 안 지났다. 한숨이 절로 나왔다.

"스미레 짱, 한숨 쉬네! 왜 그래?"

어느 날, 사쿠라가 내 한숨을 알아챘다. 다른 사람들 앞에서는 티 내지 않으려고 노력했는데, 엉겁결에 실수하고 말았다.

"한숨? 내가?"

"그래, 한숨 쉬었잖아! 휴우우우후~ 하고. 괜찮니? 왜 그래? 무슨 일 있어? 무슨 고민이라도 있는 거야? 뭐든 털어놔!"

사쿠라에게는 이런 면이 있다. 무슨 일이든 열 배, 스무 배 부풀리는 능력에서는 달인 수준이다. 처음에 사쿠라가 나랑 친해지고 싶어 했던 이유는 사쿠라와 내가 똑같이 꽃 이름이었기 때문이다.*

---

* 사쿠라는 벚꽃, 스미레는 제비꽃을 뜻한다.

"둘 다 꽃 이름이라니, 이건 기적이잖아?"

그때도 그렇게 말했다. ('기적'은 사쿠라의 입버릇 중 하나이다.)

"아무것도 아냐, 이제 곧 여름이구나 생각했을 뿐이야."

"아하, 여름~ 나도 싫어. 덥고 끈적끈적하고, 게다가 찜통더위고!"

지금 한 말 거의 같은 뜻이거든, 마음속으로는 그렇게 받아치고 싶었지만, 입을 열지는 않았다.

사쿠라는 착한 아이다. 분명 내가 삐딱한 것뿐이다. 사쿠라도 최근에는 뭐랄까, 굉장히 짜증스럽게 느껴진 적이 가끔, 아니 몇 번이나 있었고, 그럴 때마다 내 가슴이 쿡쿡 쑤시듯이 아팠다. 나는 못된 아이다, 냉정하고 비겁한 아이다. 이렇게 착한 애한테 그런 생각을 갖다니.

"어! 스미레, 또 한숨 쉬었어!"

집으로 돌아왔는데 문이 잠겨 있었다. 우편물 통 안에 넣어둔 열쇠를 꺼내서 안으로 들어가자 쥐 죽은 듯이 고요했다. 거실로 들어갔더니 탁자 위에 엄마가 써놓은 메모가 있었다.

'아버님은 산책하러, 엄마는 장보러 갑니다. 피아노 연습 빼먹지 말고.'

야호, 환호성이 절로 나왔다. 집에 나 혼자다!

나는 책가방을 집어던지고, 소파에 벌렁 드러누웠다. 퍼뜩 생각이 나서 부엌에 가서 푸딩과 과자를 꺼내왔다. 닥치는 대로 마구 집어먹고, 시시한 텔레비전 프로그램을 보며 자유를 만끽했다.

"아~ 혼자 있고 싶다."

무심코 혼잣말을 흘렸다. 혼자 있고 싶다니, 그런 생각을 하면 안 되는데. 그렇지만 진심으로 혼자 있고 싶었다. 엄마도 아빠도 아주 많이 좋아하지만, 나를 아는 사람이 아무도 없는 곳에서 혼자 살고 싶었다. 사쿠라도 학교 선생님도 없는 곳에서 오로지 나 홀로. 만약 그럴 수 있다면, 얼마나 편할까.

"아~ 혼자 있고 싶다."

다시 한 번 그 말을 한 순간, 투둑 하는 소리가 들렸다. 숨을 삼키며 벌떡 일어서자, 소리가 난 쪽은 할아버님 방이었다. 온몸이 싸해졌다. 할아버님이 집에 계셨나? 산책하러 나가신 거 아니었어?

"하, 할아버님?"

말을 건네자, 장지문이 슬금슬금 열렸다. 몸은 싸늘한데, 식은땀이 흘렀다. 할아버님에게 상처를 줬어! 지금 이 상태에서 "아~ 혼자 있고 싶다"라니, 그건 할아버님이 성가시다는 뜻이나 다름없잖아!

"스미레."

그런데 할아버님은 내 예상과는 전혀 다른 표정을 짓고 있었다. 슬픈 것 같지도 않고, 겸연쩍어하는 것 같지도 않고, 오히려 왠지 마음이 놓인 것처럼 보였다.

"나도 그래요."

할아버님과 오래 대화를 나눈 건 그때가 처음이었다.

할아버님은 내 옆에 앉아 과자를 집어먹었다. 평소처럼 옷은 말끔하게 차려입었지만, 슬리퍼를 신지 않은 발에는 낡은 발가락양말이 신겨 있었는데, 그것만으로도 꽤나 칠칠치 못하게 보였다.

"힘들어요, 솔직히."

할아버님은 나에 못지않게 땅이 꺼져라 깊은 한숨을 몰아쉬었다.

"친딸이고 이래저래 마음 써주는 건 고맙지만, 애정을 그렇게 직접적으로 표현하면, 굉장히 지쳐요. 나도 혼자 있고 싶어. 빨리 나가노 집으로 돌아가고 싶어."

"그래요?"

"그야 당연하죠. 여기 있으면 완전한 혼자만의 시간이 없고, 스미레도 나 때문에 조심스러울 테고."

"조심이라뇨…… 아니에요, 그건. 할아버님이 계셔서 기쁜걸요……."

"아니, 아니, 괜찮아요. 무리할 거 없어요. 그 마음은 충분히 이해하니까. 스미레는 우리를 아주 많이 닮았어."

"우리?"

"나랑 할머니 말이에요."

"할머님?"

할아버님이 들려준 얘기는 가히 충격적이었다. 모두에게 사랑받고 다정한, 품위 넘치는 그 할머님은 할아버님과 단둘이 있을 때는 독설가에다 심한 욕을 했고, 때로는 친한 친구의 험담까지 했단다! 그건 도저히 믿기지가 않았다.

"할머님이? 믿을 수가 없어요."

말은 그렇게 했지만, 나는 왠지 가슴이 두근두근 설렜다. 할아버님을 보니, 역시나 은근히 기쁜 것 같았다.

"스미레도 착한 아이고 싶겠죠. 하지만 지치잖아요. 나도 마찬가지야. 딸인데도 지쳐요. 그 애한테는 우리의 좋은 점만 보여줘서 정말로 심성이 고운, 착한 아이로 컸지. 그래서 저렇게 애정을 숨기질 않아. 자기감정에 솔직하잖아요. 그런데 그게 좀 힘들단 말이지."

나는 무심코 소리 내서 웃고 말았다.

"할아버님, 힘들다뇨. 엄마는 친딸이잖아요. 딸은 사랑스러운 존재 아닌가요?"

"그 말에 솔직히 대답한다면, 딸이라고 무조건적으로 사랑스러운 건 아니에요."

"어어!"

"다들 어떻게 그리 자연스럽게, 자동적으로 가족의 사

랑을 믿을 수 있을까? 할머니도 말했어요, 자식이 태어났다고 해서 바로 모성애가 발동되는 건 아니라고. 모두 그게 당연하다고 강요하니까 그런 척하는 것뿐이에요. 솔직히 난 스미레도 손녀라고 해서 자동적으로 사랑스럽게 느껴지진 않아요, 미안한 얘기겠지만."

"손자는 눈에 넣어도 아프지 않다고 하던데요?"

"당연히 아프지, 난 넣고 싶지 않아요!"

나는 분명 할아버님을 좋아했었다. 그런데 지금의 할아버님이 훨씬 더 좋았다. 그리고 이런 할아버님의 모습은 엄마에게는 절대 보여주면 안 된다는 것도 이해했다. 그래서 할아버님과 나는 협정을 맺었다.

"역할이라고 생각합시다."

"역할?"

"그래요. 스미레는 손녀 역할. 나는 할아버지 역할. 이번 한 달간 각자 맡은 역할을 확실하게 수행해볼까요? 내 딸을 위해. 스미레의 아빠를 위해."

그 아이디어가 내게는 굉장히 멋지게 여겨졌다. 우리 두 사람은 나쁜 비밀을 공유한 갱 같은 존재였다.

"역할이라고 여기면, 뭐든 할 수 있어요."

그날부터 할아버님과 나는 각자가 맡은 역할을 충실하게, 훌륭하게 수행해갔다. 저녁식사 자리에서 사이좋게 대화를 나누고, 둘이 같이 러브를 귀여워해주고, 아무튼 집 안에서는 늘 함께 있었다. 엄마가 그 광경을 보며 눈물을 글썽거릴 정도로 기뻐해서 우리는 점점 더 역할 임무 수행에 몰두했다. 저녁에는 둘이 러브를 데리고 산책을 나갔고(엄마는 물론 그것도 미칠 듯이 좋아했다), 각자 하루 분량의 불만을 쏟아냈다. 그리고 집에 돌아오면, 다시금 밝고 흥겨운 수다에 빠졌던 것이다. 우리의 놀라운 친밀함에 아빠도 많이 신기해했고, 또 기뻐했다. 우리는 정말로 잘해나갔다.

휴일이 되면, 할아버님이 학회에 참석하고 있는 대학교에 데려가주었다.

학교에는 방학인데도 사람들이 아주 많았다. 치어리더가 웃는 얼굴로 연습을 하고, 길거리에서 술을 마시는 사람들이 있었고, 강당 앞에서는 영화연구회 사람들이 8밀

리미터 필름을 돌렸다.

"잘 보세요, 스미레."

할아버님은 평소처럼 멋진 양복을 입고, 지팡이를 들고 있었다. 지나가던 학생이 인사를 하면, 더할 나위 없이 멋진 미소로 인사를 받았고, 그럴 때마다 나는 "거짓말쟁이!"라고 말하며 웃음을 터뜨릴 뻔했다. (물론 나도 멋진 미소로 인사했다. 우리는 '멋진 교수와 손녀' 역할을 완벽하게 해낸 것이다.)

"치어리더는 이상하게 활기가 넘치고, 낮부터 마시는 사람은 심하게 야단법석을 떨고, 영화연구회 사람은 시건방진 말투를 써요. 물론 원래부터 그런 기질을 가진 인간도 있죠. 그렇지만 대부분은 서서히 그 자리에 걸맞은 내가 되어가는 겁니다."

할아버님이 들려주는 얘기는 굉장히 재미있었다.

"우리의 몸 전체가 우리 의지대로 움직이는 건 아니에요. 어떤 커다란 것에 의해 움직여지는 거지. 그걸 사회라고 부르는지도 모르죠. 아무튼 맡길 수 있는 건 맡겨둡시다. 우리는 이 세상에서 역할을 부여받은 사람들이니까."

그리고 그런 얘기는 나를 아주 편하게 해주었다.

학교에서도 나는 내가 맡은 역할을 제대로 수행할 수 있게 되었다. 사쿠라가 짜증스럽게 느껴지는 순간, '사쿠라의 다정한 친구' 역할을 해내겠다고 생각하면 정말로 다정해질 수 있었고, 선생님 앞에서는 '우수한 스미레' 역할을 수행할 수 있었다. 칭찬받으면 '내가 맡은 역할을 제대로 수행해낸 것'을 칭찬받는다고 받아들여서 순수하게 기뻐할 수 있었다.

그리고 그렇게 행동해도 집에 가면 할아버님 앞에서 불만을 쏟아낼 수 있다고 생각하면 이루 말할 수 없이 마음이 설렜다. 처음에는 그건 최악이다, 내 성격은 너무 못됐다고 자책했는데, 할아버님과 대화를 나누며 그런 부정적인 생각을 떨쳐낼 수 있었다.

"사람들은 그걸 험담이라느니 비겁하다고 할지도 모르죠. 성격이 나쁘다거나."

"나도 그렇게 생각해요. 그래서 내가 싫어져요."

"그런데 말이죠, 스미레. 스미레가 그렇게 행동하는 건 사쿠라에게 상처를 주고 싶지 않아서잖아요? 선생님의 기대에 부응하고 싶어서고?"

"네, 그렇죠. 맞아요."

"그렇다면 그건 배려하는 마음에서 나오는 거예요."

"배려?"

"그래요. 그건 누군가를 속이는 거랑은 달라요. 속여서 그걸로 어떤 이득을 취하려는 건 아니니까. 그게 중요해요. 요컨대 이득을 보겠다는 계산으로 역할을 수행하면 안 돼요. 그건 어디까지나 배려의 범위에서 해야 합니다. 상대가 잘못됐다고 생각할 때는, 그리고 그 말을 해주는 게 상대를 위한 거라면 말해야 하고, 상대에게 상처를 줄 각오를 하고 맞서야 해요. 하지만 그 사람이 잘못되지 않았을 때, 단지 성격이 맞지 않을 뿐이거나 그 사람의 역할상 그럴 수밖에 없겠구나 이해가 될 때는 그 사람이 바라는 나로 존재하려고 노력해야죠."

"어렵지만, 알 것 같아요."

"전부 이해하지 않아도 돼요. 어쨌든 스미레가 착한 아이이고 싶어 하는 건 아주 훌륭한 거예요. 그건 눈물겨운 노력이고, 착한 애인 척하는 게 아니라 정말로 착한 아이라 가능한 거니까."

"나 지금 칭찬받은 거죠?"

나는 내가 줄곧 싫었다. 사람들 앞에서 착한 아이인 척(한다고 생각했다)하고, 친구들을 유치하다고 느끼고, 사쿠라를 짜증스러워하고, 할아버님이 집에 있는 것도 힘들어하는, 그런 나는 비겁하고 나쁜 아이라고 생각했었다. 그런데 할아버님은 그런 나를 '정말로 착한 아이라서' 그렇다고 말해준 것이다.

"안 그래요? 만약 스미레가 할아버지가 집에 있어서 너무 힘들다, 언제 가느냐고 대놓고 물으면, 아무리 나라도 눈물이 나겠죠. 근본은 착한 아이라고 변명해봤자 납득이 안 되지. 누구나 근본은 착한 아이니까. 그걸 얼마만큼 태도로 표현하느냐에 달렸지."

나는 빵 터졌다. 할아버님과 얘기하다 보면, 나는 언제나 그렇게 활짝 웃을 수 있었다.

"아 참, 난 아빠가 낫토 먹는 모습을 보면 역겨워요. 그렇지만 말은 안 해요."

"그렇죠? 스미레는 착한 아이예요. 정직한 것과 다정한 건 별개니까."

아빠도 엄마도, 이렇게 같이 걷고 있는 러브도 설마 내가 할아버님과 산책하면서 이런 대화를 나눌 줄은 꿈에도 모를 것이다. 만약 그걸 안다면 슬퍼할까? 아니, 놀라긴 하겠지만 슬퍼할 것 같진 않다. 그렇지만 절대 말하지 않을 것이다. 엄마를 위해.

"그리고 또, 스미레. 험담은 한정된 사람에게만, 정말로 믿을 수 있는 사람에게만 하는 거예요. 인터넷에 글을 올리는 건 당치 않아요, 그건 정말 비겁한 짓이에요. 어쨌든 당사자의 눈길이 닿고, 귀에 들어갈 가능성이 있는 행동은 절대 해서는 안 돼요."

"그럴게요. 난 할아버님한테만 할 거야."

"할머니도 나 이외에는 절대로 험담을 하지 않았지. 모두를 배려하고, 모두가 원하는 대로 최선을 다하고, 그러다 지치면 나한테만 살짝 험담을 했어요. 절대 누구에게도 발설하지 않았고, 그러니 그로 인해 누군가에게 상처를 입힌 적도 절대 없었고."

"멋지네요, 우리 할머님."

"멋지진 않아요. 멋지진 않지. 그래도 나는 할머니를 무척 좋아했어요."

나는 할아버님의 말을 진심으로 믿을 수 있었다. 둘이 '멋진 부부'로서 완벽하게 행동하고, 그러다 지치면 험담을 주고받다니, 최고의 파트너다. 게다가 그게 가능한 사람을 만나다니, 그야말로 기적이 아닌가.

"할머님이 돌아가셔서 외로우세요?"

"외롭죠. 아주 많이."

담담히 살아가는 것처럼 보였던 할아버님은 줄곧 외로웠던 것이다. 그 외로움을 자기 혼자서만 감당해내며, 누구에게도 말하지 않고 이렇게 살아온 것이다.

"외로워요."

할아버님은 일주일 후면 집으로 돌아간다. 나도 외로웠다. 이루 말할 수 없이 외롭고 허전했다. 한 달 전의 나를 떠올리면 이런 마음이 믿기지 않았다.

"할아버님, 험담이 하고 싶어지면 나한테 전화하세요."

"스미레한테?"

"맘껏 욕해요. 내가 할머님 대신 들어줄게."

"정말로?"

"나도 험담할 사람이 사라지는걸요, 뭐. 곤란해요."

"그런가, 그렇군요."

"그렇죠."

그때 러브가 방귀를 뀌었다. 우리가 웃자, 러브도 기쁜 듯이 꼬리를 흔들었다.

할아버님이 집으로 돌아가는 날, 엄마는 눈물을 뚝뚝 흘리며 울었다. 예상은 했지만, 나는 엄마가 무척 좋았다. 솔직하고 순수한 엄마. 솔직하고 순수한 딸.

"아버님, 꼭 연락해야 해요."

그런데 엄마가 할아버님의 어깨에 손을 얹었을 때, 불현듯 생각했다. 어쩌면…….

엄마도 '아버지를 무척 좋아하는 딸' 역할을 제대로 해내고 있을지도 모른다.

엄마가 할아버님을 아주 많이 좋아하는 건 진실이지만, 그래도 그 이상으로 다정한 마음에서 할아버님을 사랑하고 있을지도 모른다. '모성이 자동적으로 발동'되는 게 아니라면, '자식이 부모를 사랑하는 마음'도 내추럴한 감정이라고 단정할 순 없지 않은가.

"정말 고맙다."

할아버님은 어깨에 얹은 엄마의 손 위에 자신의 손을 포갰다. 두 사람의 모습은 완벽한 부모 자식으로 보였고, 부모 자식 이상으로 멋진 존재로 보였다. 서로의 역할을, 배려하는 마음으로 완수해내는 훌륭한 생명체로 보였다.

누님

술만 마시며 살아왔다.

맨 처음 술을 마신 것은 열일곱 살 때였다. 마이라는 친구의 남자친구가 대학생이었는데, 같이 만나기로 약속했다. 넷이 노래방에 갔는데, 안으로 들어가자 남자 둘이 당연하다는 듯이 술을 시켜서 가슴이 두근거렸다.

처음 마신 술은 카시스오렌지라는 칵테일이었다. 마이가 "우리 언니가 마시기 편한 술이랬어"라기에. 우리가 그 술을 주문하자, 두 남자가 "카시스오렌지라니, 완전 초보티 내네!"라며 웃어댔지만, 지금은 그 말이 단지 어른스러운 척하려는 허세였음을 안다. 그 두 사람은 분명 진토닉만 마셨는데, 그 술 역시 몹시 초보자스럽긴 마찬가지다. 그러고 보니 그 둘은 갓 스무 살이 됐다고 했다. (마이는 '스무 살인 그 사람'이라는 표현을 자주 썼다.)

술을 무제한으로 주는 곳이라 적게 마시면 손해라기에 우리는 실컷 마셔댔다. 카시스오렌지는 듣던 대로 아주 맛있었고 술술 잘 넘어갔다. 그러나 당연히 취했다. 마이는 축 늘어져서 남자친구 무릎에 머리를 얹고 있었다. 남자친구는 꽤나 기쁜 듯이 마이의 머리를 쓰다듬었고, 나는 그게 살짝 부러웠다. (마이는 그 후, '임신일지도' 소동을 요란하게 한 번 일으킨 후 그 남자친구와 헤어졌다.)

머리가 몽롱해졌다. 몸의 윤곽이 흐늘흐늘 풀리는 느낌이 들고, 이따금 목청껏 소리를 지르고 싶었다. 정신을 차려보니 여드름투성이 남자가 나에게 키스를 하고 있었다. 나의 첫 키스였다.

전문대에 들어간 후로도 하루가 멀다 하고 여러 대학 학생들과 미팅을 했다. 신입생 환영회는 어디서나 열렸다.

"너, 열여덟 살이잖아? 아직 마시면 안 돼!"

그렇게 말하면 바로 받아쳤다.

"난 열일곱 살 때부터 마셨거든요!"

그러면 분위기가 한껏 달아올랐다. 그러고는 나한테만 술잔이 돌아왔다(사실은 그 노래방 이후로는 안 마셨는데).

"마셔, 마셔!"

난생처음 레드와인을 마셨다. 솔직히 시큼하고 별로였지만 "맛있다!"고 하자, 선배가 "오, 제법인데"라며 자꾸 따라줘서 바보처럼 계속 퍼마셨다. 그러다가 도중에 토했다. 붉은 토사물이 쏟아지는 모습을 보며 '피를 토하는 것 같네'라고 생각했다.

온갖 술들을 마시게 되었다. 청주도 마셨고, 데킬라도 마셨고, 뱀술도 마셨다. 왜 그런지 토할 때는 늘 붉은 토사물만 쏟아졌다. 입학한 지 불과 한 달 만에 나는 이름도 모르는 남자에게 몸을 열었다. 물론 처음이었지만, 술을 마셔서 무섭지는 않았다.

최종적으로 명색뿐인 '이벤트 동아리', 거의 술만 마시는 동아리에 들어갔다. 매일 마셨다. 대낮부터 마실 때도 있었다. 나는 아직 1학년인데도 '누님'이라는 별명이 붙었다. 나는 그 누구보다 많이 마셨고, 그 누구보다 엉망으로 취했으며, 그 누구보다 많이 토했다. 대야에 술을 부어서 마셨고, 레드와인 한 병을 원샷으로 비웠고, 옷을 입은 채 강으로 뛰어들어 헤엄쳤고, 후배가 생긴 후로는 "너도 마셔!"라며 머리를 후려치기도 했다. 내가 그렇게 행동하면 다들 한껏 달아올랐다.

"역시 누님이야!"

남학생이나 여학생이나 배를 잡고 깔깔거렸다.

졸업 후에는 식품회사의 사무직 계약직원으로 들어갔다. 회사 면접에서 "성격이 밝네"라는 평을 들었다. 나는 늘 큰 소리로 웃었고, 과장은 "참, 덜렁이야"라며 놀렸다.

신입사원 환영회에서 나는 바로 '누님'이라고 불렸던 과거를 털어놓았다. 첫 잔인 맥주를 단숨에 비우자, 모두가 박수를 쳐줘서 다음 잔도 원샷으로 마셨다. 시작하자마자 취해버렸다.

"누님, 그래서야 남자친구가 생기겠나!"

상사가 던지는 말에 "시끄러워!"라고 받아쳤다. 내가 실례되는 말을 하면, 모두가 한껏 들떴다.

그날은 과거 어느 때보다 많이 마셨다. 막차가 끊기기 전에 가야겠다는 사람들에게 매달리며 한 잔만 더하자고 소란을 피웠다. 마지막에는 땅바닥에 큰대자로 드러누워서 "난 안 갈 거야!"라고 소리쳤다. 모두 그런 내 모습을 휴대폰 카메라로 찍었다. 결국 택시에 강제로 태워졌고, 차가 출발하자 차창을 열고 고함을 질렀는데 배를 잡고 웃어대는 사람들이 점점 멀어져갔다.

'고약한 술버릇'이 나의 트레이드마크가 되었다. 술자리가 있을 때마다 빠짐없이 초대받았고, 거래처 사람이 오면 "저 친구는 누님이라고 불립니다"라고 소개해주었다. 실제로 거래처 술자리에도 데려가준 적이 있다. 그때는 너무 마셔서 화장실에서 나오지 못했다. 다음 날 상사에게 내가 속옷을 훤히 드러내고 자고 있었다는 말을 들었다. 모두 웃었다.

"누님 팬티를 본들 솔직히 무슨 감정이나 생기겠어!"

그렇게 말했던 사람과 나중에 관계를 가졌다. 그 외에

도 술김에 몇몇 사람과 관계를 가졌다. 아무에게도 들키지 않았다. 그 회사는 2년쯤 근무했는데, 재계약은 되지 않았다. 다음 회사에서도 2년 만에 계약이 끊겼다.

다른 회사에 계약직으로 들어갈 생각도 했다. 그렇지만 또다시 언젠가 계약이 끊길 거라는 불안감에 우물쭈물 망설이고 있었다. 그러던 어느 날, 학창시절에 후배가 했던 말이 불현듯 떠올랐다.

"누님은 야간업소가 어울려요!"

일하면서 술을 마실 수 있다니, 분명 최고라는 생각이 들었다. 그 후배가 "누님은 개그 담당으로 먹힐 거야"라고 말했었다. 나는 분명 미인도 아니고 귀엽지도 않지만, 술은 잘 마신다. 술집에는 예쁘고 귀여운 아가씨들뿐일 테니, 그중에 나 같은 인간이 한 명쯤 있어도 틀림없이 괜찮을 것이다. 한 번 시도해보는 것도 나쁘지 않겠다 싶었다. 나는 아직 스물네 살이었다.

단란주점 면접에서 "못생겼네"라는 말을 들었다.

"너무하네! 나도 인간이거든!"

그렇게 익살을 떨자 지배인이 빵 터졌다.

"하긴, 캐릭터로는 괜찮을지 모르지."

그렇게 결정이 났다.

"스물넷이라, 젊지도 않은데."

나는 개그 담당 아줌마 캐릭터로 밀고 나가기로 했다.

맨 처음 맞은 손님은 굉장히 친절했다. 고상해 보이는 초로의 남자인데, 그 가게 단골손님이었다. 그런 사람이 매일 단란주점을 찾는다는 게 믿기지 않았다. 소노다 씨라는 그 사람은 늘 히메카 씨라는 아가씨를 지명했다. (스물여섯 살이었지만 아줌마 캐릭터가 아니었다. 캐릭터는 나이로 결정 나는 게 아니다.) 히메카 씨는 눈매가 또렷하고, 가슴이 풍만하며, 정말로 아름다운 사람이었다. 내가 머릿속에 그렸던 '술집 아가씨'를 그대로 체현해냈다.

"오늘이 처음인가?"

"네! 죄송합니다~ 이렇게 못생겨서."

"하하하, 밝아서 좋군."

히메카 씨도 나를 보고 웃었다. 그리고 술 따르는 방법, 보이를 부르는 방법, 재떨이를 깨끗하게 비우는 방법을 알려주었다. 히메카 씨의 목에서 반짝거리는 아름다운 다이아 목걸이는 소노다 씨가 선물해준 것이었다.

다음에 들어간 자리에서도, 그다음에 들어간 자리에서도 나는 환영받았다. 아가씨들은 모두 친절했다. 나는 세 번 만에 완벽하게 술을 따를 수 있게 됐고, 술잔에 맺힌 물방울을 닦을 수 있었고, 손님이 알아채지 못하게 감쪽같이 재떨이를 비울 수 있게 되었다.

그날 마지막으로 들어간 자리에서 내 캐릭터는 결정적으로 굳혀졌다.

“우아, 뭐야. 라스트 보스가 나타났네!”

그 술집에 처음 온 직장인 세 명 일행인데, 들어오는 아가씨마다 잇따라 못생겼다고 핀잔을 주는 사람들이었다. 분명 그 자리에 함께한 두 사람은 솔직히 가게에서도 외모가 좀 떨어지는 아가씨들이긴 했다. 나이를 묻는 말에 아가씨가 “스무 살이에요”라고 대답했는데, “못생겼네”라고 하자 급기야 노골적으로 부루퉁해진 분위기였다.

“나는 스물네 살이에요~!”

“안 물어봤어!”

"스물넷이면 아줌마네! 아줌마에다 못생기기까지!"

"아니, 난 개그 담당인데!"

"뭔 헛소리야, 개그 따윈 필요 없어. 예쁜 애 데려와, 예쁜 애!"

"예쁜 애를 얻고 싶으면, 나부터 쓰러뜨려!"

내가 라스트 보스 풍의 표정(그게 어떤 건지는 모르지만, 일단은 콧구멍을 벌렁거리며 잇몸을 훤히 드러냈다)을 짓자, 남자들은 뜻밖이라는 듯이 깔깔거리며 웃었다.

"넌 또 뭐야, 장난 아닌데!"

"자, 그럼 승부다!"

그때부터 술 마시기 시합이 시작되었다. 농도가 짙은 미즈와리*를 원샷으로 마시자, 정작 그 술값은 자기들이 내는데도 남자들은 손뼉을 치며 웃어댔다.

"대박, 괴물이다!"

아무래도 그 사람들은 잘 나가는 회사에 근무하는 것 같았다. 자기들이 어떻게 돈을 버는지, 얼마나 압박이 심

---

* 물을 탄 술.

한지, 술을 마시며 알려주었다. 나는 그중 한 명에게 머리를 몇 번이나 얻어맞았다. 뒤통수가 욱신욱신 아팠지만, 술기운 덕분에 심하게 아프지는 않았다.

"더 마셔, 못생긴 아줌마!"

내가 눈을 희번덕거리며 "빨리빨리 따르기나 해!"라고 말하자, 부루퉁해 있던 아가씨들도 웃었다.

"이거 완전 위험한데!"

그래서 첫날부터 토했다. 그래도 성취감은 있었다. 그 사람들은 그 후로 빈번하게 가게를 찾았고, 올 때마다 부어라 마셔라 법석을 떨었으며, 아가씨들에게도 술을 잔뜩 마시게 했다. 원샷을 거절하는 아가씨가 있으면 용인하지 않아서 자연스럽게 내가 그 자리에 함께하게 되었다.

단란주점은 일하기 편했다.

처음 만나는 아가씨들도 술자리에 같이 앉으면 '동료'라는 느낌이 들었다. 어떤 아가씨와도 사이좋게 만들어주는 그 공간이 마음 편했다. 나는 어느새 또다시 '누님'이라고 불리게 되었다. 여하튼 술을 엄청 마셔서 가게에서도 나를 보물처럼 여겼고, 손님에게 지명을 받는 횟수도 늘었다.

"누님, 4번 테이블 손님. 지명이야!"

대학 후배의 말은 틀리지 않았다. 나에게는 이 직업이 가장 잘 맞았다.

전화를 보니 '엄마'에게 걸려온 수신 기록이 남아 있었다. 밤 9시 넘어서 한 번, 10시에 한 번.

엄마에게는 밤에 일한다는 말을 하지 않았기 때문에 전화를 거는 시간을 고려해야 했다. 그날도 바보처럼 퍼마셔서 다음 날 숙취가 지독했지만, 죽을힘을 다해 일찍 일어나서 8시 전에는 전화를 걸었다.

"어머나, 이 시간에 웬일이니?"

엄마 목소리를 오랜만에 듣는 기분이 들었다.

대학에 입학하며 혼자 살기 시작한 후로는 주말마다 엄마에게 꼭 전화를 걸었다. 늘 "건강하니?", "밥은 잘 먹고 다녀?" 같은 빤한 대화뿐이었지만, 아마 엄마에게는 그 시간이 굉장히 소중했을 것이다.

"어제는 미안했어. 회사 회식이라 전화 못 받았어. 집에 와서도 피곤해서 바로 잠들어버렸고."

“아냐, 괜찮아. 별다른 건 없고, 그냥 건강히 잘 지내나 궁금했을 뿐이야. 이렇게 아침 일찍 안 걸어도 되는데. 밤에 다시 걸지 그러니.”

“어어, 근데 오늘도 술자리가 있거든.”

“어머나, 그렇게 매일 술자리가 있니?”

“……이번 주는 왠지 이래저래 겹치네.”

“괜찮니? 너도 마셔야 돼?”

“아니, 술자리이긴 해도 난 자리만 지키면 돼. 정말로 그냥 장식품이랄까, 대인관계상 필요한 교제라고 할까.”

“힘들겠구나. 하긴 그래, 요즘 젊은 아가씨한테 원샷 같은 걸 시켰다간 큰 문제가 될 테니까. 옛날이랑은 다르지.”

“그럼, 그럼. 요즘은 그런 사람 없어.”

엄마는 내가 아직도 식품회사를 다니고 있는 줄 안다. 불쑥 우리 집에 오더라도 문제가 없도록 나는 늘 방을 깨끗하게 정리해두었고, 술 종류는 일절 없었다. 숨겨둔 게 아니라, 나는 집에서는 한 방울도 마시지 않았다.

고향집에도 술은 없다. 요리용 술이나 미림뿐이다. 엄마가 어릴 때 자기 아버지, 다시 말해 나의 외할아버지가 술

고래라 고생을 많이 했다고 한다.

"꼴불견이잖니, 술주정뱅이는."

결혼 초에 우리 아빠는 술을 전혀 마시지 않았던 모양이다.

"그래서 결혼한 거나 다름없어. 그랬는데."

언제부터인가 아빠는 술을 자주 마시게 되었다. 나중에 엄마에게 들어보니, 회사를 옮긴 후로 아빠도 변했다고 한다. 상사가 여하튼 '술 없이는 일을 못 하는' 타입이었다나.

"아무리 그래도 자제력을 갖고 적당히 마실 순 있잖니. 원래부터 술을 좋아했던 거야, 틀림없어. 결혼할 때는 나를 속인 거지."

아빠는 평소에는 말이 없고 공기 같은 사람이었지만, 술에 취해서 들어오면 현관 앞에서부터 한차례 소란을 피웠다. 엄마가 조용히 하라고 하면 점점 더 큰 소리를 내며 난동을 부려서 나는 계속 잠든 척했다. 아빠는 이따금 집에서 옷을 입은 채로 오줌을 쌌다. 엄마가 청소를 하며 우는 소리가 들리곤 했다.

다음 날이 되면, 아빠는 어제와는 전혀 다른 사람이었다. 어제의 자신을 부끄러워하듯 조용히 고개를 숙이고, 아침밥도 먹지 않았다. 엄마는 아빠가 한 행동을 하나부터 열까지 낱낱이 들려주었다. 밤에 한 언동을 테이프에 녹음한 적도 있었다.

"아무리 술을 마실 수밖에 없는 상황이라도 그렇게 고주망태가 되도록 마시는 이유는 대체 뭐죠?"

아빠는 대답을 하지 않았다. 등을 구부정하게 말고 가만히 있었다.

"정말 못 봐주겠어!"

아빠와 엄마가 헤어진 것은 내가 열한 살 때였다.

어느 날, 아빠가 나에게는 아무 말 없이 갑자기 집을 나갔다. 그때부터 나는 집에서 독립할 때까지 줄곧 엄마랑 둘이 살았다. 아빠는 만나지 않았다. 딱 한 번 엄마가 "외롭니?"라고 물었는데, 그때 나는 오히려 "왜?"라고 되물었다.

"이제 출근해야겠다."

"아 참, 그렇지. 정말로 넌 마시지 마."

"알았어."

어느 날, 유명한 배우가 우리 가게에 왔다.

생일파티 3차 자리라고 했다. 여덟 명쯤 왔을까. 그 밖에도 많이 유명하진 않지만 텔레비전에서 본 적이 있는 배우도 있었고, 전직 축구선수도 있었다. 그리고 나머지 사람들도 한눈에 '업계 사람들'의 분위기가 풍겼고, 굉장히 화려했다. 지배인이 가게에서 제일 큰 테이블로 안내하고, 가게 아가씨들을 모조리 불러들였다.

배우도 취한 상태였다. A 씨라는 그 사람은 마흔이 가까운 나이로는 전혀 보이지 않았다. 피부에서는 윤기가 흐르고, 역시나 정말로 아름다운 얼굴이었다. 10대 무렵부터 멋진 사람이라고 생각했던 배우라 테이블에 동석하라는 말을 들었을 때는 뛸 듯이 기뻤다.

"추녀가 앉겠습니다! 비켜요, 비켜!"

돌진하듯 A 씨 옆자리를 차지하고 앉았다. 내가 그런 행동을 해도 가게 아가씨들은 화내지 않았고, 화내기는커녕 "누님 왔네!" 하며 손뼉을 치고 웃어주었다.

"드디어 만났네요!"

소리를 지르며 말하자, A 씨가 언짢은 표정을 지었다. 아, 실패했나. 그전에도 그런 식으로 들이대서 손님이 언짢은 표정을 지은 적이 있었다. 그래도 나중에는 대체로 분위기를 회복했다. 다들 술집에는 즐길 마음으로 오는 것이고, 도에 지나치게 실례되는 말만 안 한다면 마지막에는 다 웃어주게 마련이다.

"어, 잠깐만. 얼굴에 '추녀가 왔네'라고 쓰여 있네!"

내가 익살을 떨자 아가씨들이 웃었다. 그러나 A 씨는 웃지 않았고, 내게 눈길조차 주지 않았다. "지금 무시하는 거야!"라는 말도 무시당했다.

"추녀는 눈에 안 들어오는 병일지도……!"

더욱 까불거리며 말했다.

"병이라는 말을 그렇게 함부로 내뱉는 인간의 품성이 의심스럽군."

혼잣말처럼 중얼거렸다.

"품성은 깜박하고 엄마 배 속에 두고 왔는데요!"

A 씨뿐만 아니라 모두에게 들리도록 큰 소리로 말했다.

그런데 아무도 웃지 않았다. 아가씨들도 마찬가지였다.

술잔을 들고 "마셔도 돼요?"라고 물었다. 손님이 허락하지 않으면 아가씨들은 술을 마시지 않는 게 규칙이었다. A 씨가 아무 말도 하지 않아서 아가씨들이 걱정스러운 눈길로 A 씨를 쳐다봤다. 나는 A 씨의 귓가에 얼굴을 가까이 가져다 댔다.

"여보세요~ 내 말 들려요? 마시고 싶다, 너무 마시고 싶다!"

그 순간 A 씨가 큰 소리로 혀를 찼고 순식간에 조용해졌다. A 씨는 큰 눈으로 나를 노려보고는 무슨 말을 하려고 했다.

"어, 너……."

바로 그 순간이었다.

"수, 수, 수고하십니다!"

머리 위에서 어떤 목소리가 들렸다. 올려다보니 비쩍 마르고 키가 큰, 머리가 벗어진 초라한 남자가 서 있었다. 어디서 본 것 같다는 생각을 하고 있는데 한 아가씨가 똑같은 말을 했다.

"어? 어디서 본 것 같은데!"

남자들이 우아 하고 함성을 지르며 흥분했다.

"말도 안 돼, 진짜 왔어!"

"소문이 진짜였구나!"

생각이 났다. 그 사람은 몇 년 전에 잠깐 인기를 끌었던 연예인이다. 이름이 분명…….

"모리!"

맞다, 모리다. 그 당시부터 머리는 벗어졌고 초라해서 그 비참함으로 인기를 끈 거나 다름없는 사람이었다(그래 봐야 심야 방송에만 나왔지만). 한 방을 노리고 개그를 하긴 하는데 전혀 반응이 없었고, 그 썰렁함을 모두가 공격해서 가까스로 끌어가는 분위기였다. 그런데도 열탕에 들어가거나 옷을 벗는 건 못 한다고 했다. 그러자 "너, 그 분위기로 찬밥 더운밥 가릴 형편이야!"라는 핀잔까지 들었고, 젊은 연예인에게 머리를 얻어맞았다.

"어, 무슨 소문인데요?"

"아아, 그게 이 업계에 전화번호만 나도는데 연락하면 어디든 30분 안에 온다더군."

"맞아. 밥 사준다, 술 사준다고 하면 어디든 나타나."

"우아! 그래서 정말로 온 거야?"

다시 말해 모리 씨는 여기 있는 사람 그 누구와도 안면이 없는 것이다.

"아, 아아, 네. 불러주셔서, 으음, 고, 고맙습니다."

그렇게 말하며 고개를 숙이는 모리 씨를 보고 모두 웃어댔다. 분명 그냥 서 있는 것만으로도, 무슨 말을 하는 것만으로도 바로 멸시당할 것 같은, 그런 사람이었다.

"괜찮으니까 그만 앉아, 모리!"

첫 대면일 텐데도 A 씨는 존댓말을 쓰지 않고 편하게 불렀다. 모리 씨는 송구스럽다는 듯이 맨 가장자리에 앉아 힐끗힐끗 주위를 두리번거렸다.

"괜찮아. 이쪽으로 와, 이쪽으로!"

모리 씨는 결국 A 씨와 나 사이에 앉았다. 모리 씨에게서는 쉰내 같은 땀 냄새가 났고, 어깨에는 비듬이 잔뜩 떨어져 있었다.

"왜 왔어? 날 모르잖아?"

"아, 네, 그렇지만 으, 으음, 수, 술 마시고 싶어서."

"너 바보야? 그건 실례잖아!"

"아! 아! 죄송합니다, 죄송합니다, 죄송합니다!"

"소문대로 덜떨어진 인간이네! 몇 살이야?"

"아, 올해로 쉰셋입니다!"

"지옥이네!"

모두가 웃었다. 아가씨들도 이 사람을 바보 취급해도 된다고 순식간에 판단한 것 같았다.

"미즈와리로 마실래요?"

살며시 묻자 모리 씨가 눈을 휘둥그레 뜨며 고개를 숙였다. 내 손에 비듬이 떨어졌다. 그걸 얼른 감추고, 서둘러 살짝 진한 미즈와리를 만들었다.

"이봐, 모리. 못생긴 여자한테 발기하지 마!"

멀리서 놀리는 소리가 들렸다.

"발기 한 번, 감사히 받겠습니다!"

재빨리 그렇게 외치자 모두 웃었고, A 씨도 웃었다. 그때부터는 모리 씨와 나를 하나로 엮는 분위기로 흘러갔다.

"모리, 어때? 오늘 밤에 그냥 꼬셔버려."

"누님, 많이 외로운 것 같던데."

모리 씨는 그럴 때마다 진심으로 송구스러워했다.

"아, 아, 아니, 저어, 이렇게 아름다운 분은, 으음, 저에겐 과분합니다."

얘기하는데 침이 튀어서 내 팔에 떨어졌다. 나는 그것을 몰래 닦아내며 "아냐, 꼬셔봐!", "사양하면 오히려 더 슬프잖아!"라고 외쳤다.

"거봐, 누님한테 가슴 만지게 해달라고 해!"

A 씨가 외치자, 아가씨들이 "어머나"라며 반응했다.

"아, 아니, 으음, 그게……."

"안 만지고 싶나? 모리도 못생긴 여자는 싫은 거야?"

"아아, ……괴, 굉장히 만지고 싶지만, 저, 저 같은 것이 감히……."

당황한 모리 씨가 머리를 긁적이자 비듬이 피어올랐다. 내가 재빨리 모리 씨의 뒤통수를 움켜잡았다. "어머머!" 라고 놀라는 척하며 내 가슴으로 파묻자, 모두 배를 잡고 웃어댔다. 휘파람을 부는 사람도 있었다.

"키스! 키스! 키스!"

이렇게 흘러갈 거라는 예상도 이미 했다. 나는 모리 씨의 얼굴을 들고, 양손으로 단단히 잡았다. 거리는 5센티미터. 모리 씨가 가게에 들어온 후, 그때 처음 눈이 제대로 마주쳤다.

아빠다.

순간적으로 생각했다. 모리 씨의 부리부리한, 젖어 있는 듯한 그 눈이 아빠와 닮았다. 안 만난 지 오래되어서 아빠 얼굴도 모르는데, 왜 그런지 그런 생각이 들었다.

모리 씨의 눈을 제대로 본 사람은 나뿐이겠지. 표정이나 행동과는 다르게, 그 눈에는 주뼛거리는 기색이 전혀 없었다. 화가 나지도 않았다, 겁을 먹지도 않았다. 그냥 똑바로 나를 쳐다보았다.

화장실에 가려고 일어선 모리 씨의 사타구니를 A 씨가 움켜쥐었다.

"뭐야, 발기 안 됐네!"

혀를 얽는 바람에 모리 씨의 입술은 내 타액으로 젖어 있었다.

“화장실에서 해도 돼!”

A 씨가 내 엉덩이를 꽉 움켜쥐며 말했다. 나는 뒤를 돌아보고 “한 방 하고 올게요!”라고 외쳤다.

모리 씨가 화장실에 들어가 있는 동안, 밖에서 물수건을 들고 기다렸다. 가게 규칙이었기 때문이지만, 나는 계속 거기 있고 싶었다. 그곳은 사각(死角)이었고, 모두의 목소리가 멀리서 들렸다. 나는 살짝 몽롱하긴 해도 그렇게 많이 취하지는 않았다. A 씨 일행이 술을 마셔도 된다고 허락하지 않았으니까.

모리 씨가 나왔다. 그에게 물수건을 건네자 “고맙습니다”라며 고개를 숙였다. 숙인 머리의 정수리는 보기 흉하게 벗어지고, 비듬과 팝콘 조각이 수북했다. 모두 모리 씨에게 팝콘을 던졌기 때문이었다. 거울을 안 봤나?

“잠깐 그대로 계세요.”

나는 그 자리에서 모리 씨의 머리카락에 붙은 팝콘 조각들을 하나하나 골라냈다. 큰 비듬도 손에 잡히면 집어냈다. 고개를 숙인 채로 가만히 있는 모리 씨는 처량한 강아지 같았다. 옷깃 속으로 들어간 조각도 있어서 손을 넣자 등에 큼지막하게 새겨진 문신이 보였다. 흠칫 놀랐지만, 손길을 멈추지는 않았다.

"네, 됐어요. 거의 털어냈어요."

내 말에 모리 씨가 고개를 들었다. 나를 물끄러미 쳐다봤다. 역시나 아주 올곧은 눈빛이었다. 순간 소리치고 싶은 충동이 밀려와 얼른 얼버무렸다.

"입은 깨끗이 헹궜어요? 내가 혀로 엄청 휘저었는데!"

나의 익살에 모리 씨가 아주 살짝 미소를 지었다. 가슴이 아팠다.

"저어……."

모리 씨가 무슨 말을 하려고 했다.

나는 그때 죽을 각오를 다졌다.

거짓말이 아니다. "가엾다"느니 "못 봐주겠다"느니 하는 말을 듣는다면, 정말로 무슨 수를 써서든 그 자리에서 죽기로 결심했다. 그런데 모리 씨는 나지막한 목소리로 이렇게 말했다.

"당신이 있어줘서 정말 즐겁습니다."

대학 시절에 술자리에서 야단법석을 떠는 나를 진심으로 경멸하는 여학생들이 있었다는 걸 잘 알고 있다. 뒤에서 "꼴불견이야"라고 험담하는 것도, 직장에서 "저 사람, 병원에 가보는 게 좋겠어"라고 수군대는 것도.

"정말, 못 봐주겠어."

맨 처음 술을 마셨을 때, 친구의 남자친구가 데려온 사람이 나를 보고 몹시 실망하는 걸 알아챘다. 예쁘지도 않고, 재미도 없는 나라서 미안했다. 그래서 그가 내게 키스했을 때는 마음이 놓였다. 술이 들어가면 사람은 쉽게 다가갈 수 있다는 걸 그때 알았다. 쉽게 남과 가까워지고, 남도 쉽게 나를 필요로 한다는 걸.

"정말, 못 봐주겠어."

술을 마시면 '나는 재미있다'고 생각할 수 있었다. 남을 웃기는 게 아니라, 내가 비웃음을 사는 걸 알아도 상관없었다. 웃어주는 사람이 한 명만 있어도 구원받는 기분이었다. 다만 '가엾게'는, 절대 그렇게는 보이고 싶지 않았다.

"정말, 못 봐주겠어."

아빠가 집을 나간 후, 엄마랑 둘이 사는 걸 '외롭다'고 여기고 싶지 않았다. 다른 아이에게 '아빠가 없어서 가엾다'는 시선을 받고 싶지 않았다. 학교에서 웃긴 일이 있으면 제일 많이 웃었다. 재미있는 일이 없어도 억지로 재미있는 걸 찾아내서 웃었다. 아빠 참관 수업에 엄마가 오면, 누가 무슨 말을 하기도 전에 "우린 모자(母子) 가정이라!" 라며 웃었다. 내가 웃으면 다들 '웃어도 되는구나' 하고 생각해주었다.

"정말, 못 봐주겠어."

술을 마시면 내가 여기 있어도 괜찮다는 생각이 들었다. 경멸당해도 미움을 받아도 웃어주는 사람이 단 한 명만 있으면 나는 구원받았다.

아빠는 다정했다. 말은 없었지만, 다정해서 무척 좋아했다. 그래서 술은 그만 마셨으면 하고 바랐다. 술 마시는 아빠는 너무 싫다고.

"정말, 못 봐주겠어."

이제는 아빠 마음을 이해한다. 술 같은 건 좋아하지 않는다. 마시지 않을 수만 있다면 마시고 싶지 않다. 그렇지만 마시지 않으면, 취하지 않으면, 부끄러워서 어색해서 견딜 수 없는 것이다.

"정말, 못 봐주겠어."

아빠는 노력했어요.

아빠에게 그런 말을 해준 사람이 있었을까? 만약 없었다면 내가 해주고 싶었다. 아빠가 있어줘서 정말 즐겁다, 그렇게 말해주고 싶었다.

"당신이 있어줘서 정말 즐겁습니다."

눈물을 흘리는 나를 모리 씨는 가만히 내버려두었다. 찬찬히 보니, 살짝 말려 올라간 소맷자락 틈새로 손목에 휘감긴 뱀 문신이 보였다. 나는 소맷자락을 고쳐주며 그것을 덮었다.

"자리로 돌아갈까요?"

모리 씨가 손을 닦은 물수건으로 눈물을 훔쳤다. 화장이 지워져서 엉망일 거라 생각은 들었지만, 그냥 가기로 했다. 혹시 뭐라고 하면 "너무 격렬해서 망가졌네"라고 받아칠 작정이었다. 보나마나 분위기는 한껏 달아오를 것이다.

"네. 돌아가죠."

모리 씨와 나는 손을 잡고 술자리로 돌아갔다. 모두 "우아아" 하고 환호성을 올렸다. 테이블 위에 놓인 위스키 병이 가게 조명에 반사되어 반짝반짝 빛났다.

오로라

알래스카에 가자고 한 사람은 토라였다.

무용수인 토라와 회사원인 내 상황에서 보면 한 번에 몰아서 긴 휴가를 낼 수 있는 건 오히려 내 쪽이었고, 업계에서 유명한 토라는 정기적인 국내외 공연과 객연, 그에 따른 준비 등으로 늘 바빴다. 그렇다 보니 9월에 일주일 정도 휴가를 낼 수 있을 것 같다는 말을 들었을 때는 기뻤고, 토라도 흥분한 상태였다.

아말피, 두브로브니크, 더블린, 여기저기 여행지를 골라낸 후에 토라가 말했다.

"뭐랄까, 좀 더 마음이 없는 장소가 좋은데."

토라와 2년을 같이 지내면서 나는 토라를 어느 정도 이해할 수 있게 되었다. 토라는 말로 뭔가를 전하는 게 서툴다. '분명 말을 하기 전에 몸이 먼저 움직일' 테고, '그녀가 춤을 추면 말보다 더 웅변적으로 뭔가를 전할 수 있는' 것이리라(미디어에서 그런 평가를 몇 번이나 보았다).

"마음이 없는 장소."

토라는 분명 이렇게 말했다. 인간끼리 복잡하게 얽힌 마음의 결속이나 갈등이 있는 곳이 아니라, 좀 더 심플한 교감이 있는 장소. 요컨대 도시가 아니고, 게다가 가능하면 테크놀로지에서 벗어나 피가 흐르는 인간(또는 그렇지 않은 인간)과 별로 마주치지 않는 장소.

토라는 공연이 있어서 한 달 전에 이스라엘에 다녀왔다. 모르긴 해도 그곳에서 복잡하게 엉킨 실타래, 그 소용돌이 속에서 지냈던 게 아닐까. 귀국하던 날, 토라가 요청해서 나는 현관에서 그녀에게 소금을 뿌려줬는데(토라는 눈에 보이지 않는 것을 믿는 성향이었다), 그것만으로는 다 떨쳐내지 못한 갈등이 여전히 토라의 몸에 들러붙어 있는지도 모른다.

"카우아이 섬은?"

"흐음……."

"아프리카는 일주일은 무리겠지?"

"아프리카……."

토라의 눈동자는 움직이지 않았다. 뭔가가 마음에 걸리거나 흥미가 끌리는 게 있으면, 토라의 눈동자는 훨씬 검어지고, 훨씬 커진다. 나를 처음 만났을 때도 그랬다.

"네팔은 어때? 포카라나 어디 다른 산장으로……."

"알래스카는?"

토라는 마치 자기 자신에게 들려주듯 말했다. 그럴 때 내 의견 따윈 들어갈 여지가 없고, 거의 그것으로 결정이 난다고 봐야 한다.

시애틀을 경유해서 앵커리지로 갔다.

9월도 중순이 지나서 앵커리지는 추웠고, 우리는 허둥지둥 플리스 재킷을 꺼내 입었다. 길에서 스쳐 지나는 백인들이 반팔 차림인 게 믿기지 않았다.

"백인은 우리보다 체온이 높은가 봐."

내가 그렇게 말해도 토라는 대답하지 않았다. 그건 언젠가 토라가 알려준 정보였는데. 내 눈에는 놀라울 정도로 한산하게 보이는 앵커리지인데도, 토라에게는 왠지 못마땅한 것 같았다. 어쨌든 빨리 교외로, 사람이 없는 장소로 가고 싶은 것이다.

공항에서 빌린 지프로 시내를 한 차례 돌았다. 지프 운전은 처음이야, 핸들이 무겁네, 그렇게 잠시 떠들어댄 후로는 토라는 거의 입을 열지 않았다. 그곳에서는 하룻밤만 묵지만, 그것도 그녀에게는 길었는지 모른다. 그야말로 미국 시골 마을에 있을 법한 레스토랑에서 저녁을 먹고(연어와 가자미, 둘 다 알래스카 명물이다), 우리는 서둘러 호텔로 돌아왔다.

다음 날, 아침 일찍 토라가 깨웠다. 시차 때문에 새벽까지 잠을 못 잤기 때문에 7시 기상은 고역이었다. 토라는 한시라도 빨리 북쪽으로 가고 싶다고 했다.

우리는 페어뱅크스라는 도시를 최종 목적지로 정했다. 앵커리지에서는 자동차로 일곱 시간가량 걸린다. 운전은 돌아가면서 하기로 했지만, 거의 토라가 하게 되겠지. 토라는 운전을 좋아한다. 그것도 마음의 갈등을 단순화시키는 방법일지 모른다. 춤이나 무대 세계는 잘 몰랐는데, 여러 가지 속박이 있다는 말을 들은 건 토라의 집에 처음 방문한 날 밤이었다.

"그냥 춤만 추면 될 줄 알았는데, 너무 성가실 때가 있어. 케이가 하는 일보다 훨씬 말을 많이 해야 돼."

나는 해외 화장품 브랜드에서 PR 업무를 맡고 있다. 분명 '말을 많이 하는' 일이긴 했지만, 그렇더라도 토라의 표현은 이상했다.

토라는 신제품 향수의 론칭파티에서 만났다. 다양한 분야의 유명인이 참석하는 파티였는데, 내가 그녀를 접대하는 담당자였다.

복사뼈까지 내려오는 검은 원피스를 입은 토라는 눈부시게 아름다웠다. 결코 미인은 아니다. 미간이 넓은 눈이나 튀어나온 뺨, 큰 입은 하나하나 뜯어보면 이목구비가 번듯하진 않았지만, 그것들이 토라의 얼굴에 담기면 독특한 요염함을 발휘했다. 첫눈에 아름답다고 느꼈다.

토라는 하이힐을 신었는데도 168센티미터인 내 어깨 언저리밖에 안 됐다. 그런데도 토라가 무대에 서면, 그녀는 누구보다 크게 보였고, 누구보다 역동적인 궤적을 남겼다. 흡사 야생동물 같았다. 그녀를 보고 있노라면 '기프트'라는 말이 저절로 떠올랐다. 분명 신께서 그녀에게 특별한 뭔가를 준 거라고.

앵커리지를 벗어나자, 아담했던 '시가지'는 순식간에 멀어지고, 저 멀리 늘어선 산맥이 보이는 곧게 뻗은 고속도로만 하염없이 달려갈 뿐이었다. 라디오에서는 컨트리뮤직이 흘러나오고, 강렬한 햇빛이 차 안으로 비스듬히 쏟아져 내렸다.

조수석에서 자외선 차단제를 바르자 "향이 좋네"라고 토라가 말했다.

"봄에 나온 신제품인데. 카시스 향이야. 이 시기에도 자외선은 강하니까."

토라에게 패키지를 보여주자 그녀가 웃으며 말했다.

"신제품만 쓰네."

그야 그걸 파는 게 내 일이니까, 라고 말하고 싶었지만 그만두었다. 자동차 연료 계기판이 쑥쑥 내려갔다. 지프가 연료를 이렇게 많이 먹는 줄은 미처 몰랐다. 다음 주유소는 언제쯤 나타날까, 그런 걱정에 잠긴 나는 아랑곳 않고 토라가 기쁜 듯이 외쳤다.

"봐! 아무것도 없어!"

어느새 차는 140킬로미터로 질주하고 있었다.

매킨리 산이 바라다보이는 산장을 예약했다.

숙소 예약부터 항공권 예약, 렌터카 수배까지 모두 내가 했다. 수고스럽지는 않았지만, 9월 중순이 지나면 알래스카의 여름이 끝나서 산장 대부분이 문을 닫기 때문에 숙소 구하기가 만만치 않았다.

그래도 비수기라 좋은 점도 있는데, 그것은 역시 사람이 많지 않다는 것이다. 토라는 물론 그래서 기뻐했고, 도착한 산장에서도 예약이 없다며 스위트룸으로 변경해줘서 환호성을 질렀다.

스위트룸은 복층 구조였다. 높은 천장까지 창이 시원스

럽게 나 있고, 그 창밖으로는 지면을 가득 메운 황금빛으로 물든 자작나무가 보였으며, 그 너머로는 하얗게 반짝이는 매킨리 산줄기가 누워 있었다.

매킨리의 정식 명칭은 그 고장 말로는 데날리다. 예전에는 매킨리라고 불렀던 모양인데 원래부터 그 땅에 살았던 사람들에게 경의를 표하기 위해 데날리로 바꾼 것이다.

"데날리가 이렇게 선명하게 보이는 건 정말 오랜만이에요."

숙소 주인인 메리는 덩치가 큰 50대 중반의 백인 여성인데, 그야말로 미국의 어머니 분위기가 물씬 풍겼다(큼지막하고 달콤한 머핀을 구울 것 같다).

메리와 이야기를 나눌 때 대화는 거의 나만 했다. 토라는 해외공연을 자주 나가서 영어는 할 수 있을 텐데, 이번에는 어쨌든 사람들과 접촉하지 않기로 마음을 굳힌 듯했다. 처음에는 토라에게 이런저런 말을 걸었던 메리도 이윽고 미소를 짓거나 고개만 갸웃거리는 토라가 영어를 이해하지 못한다고 판단했는지 볼일이 있을 때는 나와 시선을 마주쳤다.

"저 아가씨, 아주 예쁘네요."

메리는 토라가 내 여동생인지 친구인지 가늠이 잘 안 되는 듯했다. 서른여섯 살인 나는 분명 나름 나이가 들어 보였겠지만, 스물네 살인 토라는 훨씬 어려 보였기 때문이다. 특히 화장을 하지 않고, 춤을 추지 않는 지금의 토라는 더더욱.

토라는 창가 앞 흔들의자에 진을 치고 앉아 움직이지 않았다. 꼼짝 않고 데날리만 바라보았다. 틀림없이 편안히 쉬고 있을 텐데도 등줄기가 곧게 펴 있어서 나는 새삼 토라가 아름답다고 생각했다.

저녁을 먹기 위해 자동차로 15분가량 걸리는 시내로 나갔다. 시내라고 해봐야 인구가 고작 800명인 작은 도시다. 탤키트나. 우에무라 나오미*가 매킨리(그 무렵에는 이 명칭이었으리라)에 올라 소식이 끊기기 전에 이곳에 머물렀다고 한다. 우에무라 나오미에게도 등산에도 흥미가 없는 우리는 쇠퇴했다는 의미에서 보면 앵커리지보다 400배는

---

* 植村直己, 일본의 등반가이자 탐험가.

적적한 탤키트나를 목적도 없이 어슬렁어슬렁 걸어 다녔다. 겨우 문을 열어둔 기념품 가게 몇 군데를 들어가 봤지만, 인상에 남은 것은 가게 안에 장식해둔 회색곰과 말코손바닥사슴의 박제뿐이었다.

문을 연 레스토랑도 몇 개밖에 없었다. 메리가 추천해준 식당으로 가자, 얼마 안 되는 그곳 체류자들이 다 왔나 싶을 정도로 몹시 북적거렸다. 놀랍도록 뚱뚱한 사람, 한눈에 등반가라고 알아볼 수 있는 강건한 육체를 가진 집단. 그 고장 사람들은 하나같이 이상한 문신을 새기고 있었다. 스킨헤드 뒤통수에서 뛰어오르는 돌고래, 위 팔뚝에 한자로 쓴 '痛苦', 목에는 키스 마크. 비슷하지 않은 줄리아 로버츠를 팔에 새긴 남자도 있었다.

"사람 많은데, 괜찮겠어?"

토라에게 묻자, 이렇게 대답했다.

"왠지 사람 느낌이 들지 않아서 괜찮아."

엄청나게 실례되는 말인 것 같아서 웃었다.

날이 저문 것은 8시 무렵이었다. 욕조에 물을 받아 순

서대로 몸을 담갔다. 침대가 작아서 나는 위층에서, 토라는 아래층에서 잤다. 앵커리지부터 거의 잠을 못 자고 여기까지 온 나는 푹 잤는데, 새벽녘에 토라가 잠이 오지 않는다며 내 침대로 파고들었다.

산장에서는 이틀 밤을 묵었다. 그동안 만난 사람은 메리와 알래스카에 산다는 가족 다섯 명, 콜로라도에서 온 부부뿐이었다. 아침은 다 같이 먹었다. 기대는 하지 않았지만, 신선한 샐러드는 없었고, 짭짤한 베이컨과 퍽퍽한 스크램블드에그는 딱 한 입 먹었을 뿐인데도 식욕을 앗아가버렸다. 그런데도 메리가 보고 있어서 억지로 입에 욱여넣는 내 옆에서 토라는 유유히 요구르트 하나만 먹었고, 모두의 대화에도 참여하지 않았다.

사람들이 직업을 물어서 내가 하는 일을 말해줬지만, 그때도 토라는 아무 말 하지 않았다. 나는 그녀가 유명한 무용수라고 말하고 싶었다. 무대 위에서 얼마나 빛나는지, 얼마나 아름다운지 말해주고 싶었다. 그런데 토라는 살며시 미소만 지을 뿐, 여전히 영어를 못 하는 척했다.

체크아웃할 때 페어뱅크스로 간다고 하자, 메리가 체나

온천을 추천해주었다.

"이런 날씨면 틀림없이 오로라를 볼 수 있을 거예요!"

오로라. 여름이 끝난 알래스카를 찾는 일본인의 목적은 대부분 그것일 테지.

국립공원이 문을 닫고 야생동물도 못 보게 되면, 오로라가 여행의 목적이 되는 건 당연하다. 토라처럼 알래스카를 '마음이 없는 장소'로 인식하는 사람은 아마 없을 것이다.

메리는 열심히 이런저런 정보들을 알려주었다. 9월부터 10월은 비교적 따뜻해서 오로라를 기다리기엔 적절하다는 정보, 체나는 페어뱅크스에서 자동차로 한 시간쯤 떨어진 곳에 있다는 정보. 그런데 토라는 오로라라는 말을 들어도 별로 와닿지 않는 눈치였다. 어쨌든 아무것도 없는 고속도로를 달리고 싶다, 오직 그 생각밖에 없는 표정이었다. 실제로 토라는 어느 순간 160킬로미터까지 속도를 냈다. 알래스카에도 교통경찰은 있을 테고, 속도위반은 중대한 범죄일 테니 주의를 줬지만, 어찌 됐든 몹시 기뻐하는 토라를 보고 있으면 나까지 기뻤다.

이따금 폐허로 보이는 큰 건물이 나타나곤 했다. 그런데 찬찬히 보니 그곳은 일본으로 치면 휴게소라 물을 사거나 연료를 넣을 수 있었다.

캔트웰이라는 고장에서는 정말로 폐허가 된 호텔을 보았다. 눈으로 된 돔 형태인 그 호텔은 느닷없이 시야에 나타나며 썩어 문드러진 모습을 훤히 드러냈다.

"봤어?"

"봤어, 저긴 틀림없이 유령이 있겠지?"

"당연히 있지. 케이, 소금 꺼내."

나는 조수석에서 토라에게 소금을 뿌려줘야 했다. 일본 소금이 알래스카 유령에게 효과가 있을지는 의문이지만, 토라는 진지했다. 무대 공연 때도 시작 전에 소금을 뿌리거나 세이지 잎을 태워서 다른 무용수들이 싫어한다고 했다.

"아, 왠지 잊히질 않아."

실제로 그 호텔은 언제까지고 기억에 남아 있었다. 알래스카 황야에 우뚝 선, 썩어 문드러진 고독한 눈 호텔.

그렇다 보니 다섯 시간 반 정도의 여정을 거쳐 페어뱅

크스가 눈에 들어왔을 때는 굉장히 도회지라는 인상을 받았다. 적어도 사람이 살고 거주하는 장소였다. 그곳에서 한 시간을 더 운전해야 했다. 토라는 지치지 않았다. 그대로라면 자동차로 세계일주라도 하겠다고 덤벼들 기세였다.

온천까지 가는 길에는 말코손바닥사슴이나 순록이 빈번하게 출몰한다고 들었는데 마주치지 않았다. 가는 곳마다 'no hunting'이라고 적힌 간판이 세워져 있었다. 나는 이번 여행 때 들렀던 가게에서 본 온갖 동물들의 박제를 떠올렸다.

딱 한 번, 놀랍도록 아름다운 꼬리를 가진 여우가 도로를 가로지르는 모습을 보았다. 그리고 수많은 다람쥐도. 다람쥐는 춤을 추듯 뛰었다. 빗방울이 튀어 오르듯이. 토라를 닮았네, 그런 생각이 들었지만 말하진 않았다.

체나 온천은 일본과 마찬가지로 유황 냄새가 났다. 반가웠다.

토라를 만난 지 일주일 정도밖에 안 됐을 무렵, 우리는 군마 산속에 있는 온천에 갔다. 토라가 갑자기 같이 가자고 청해서였다. 파티에서 연락처를 물은 후부터 토라는 매일 밤 나에게 전화를 했다. 그리고 어느 날, 더는 못 참겠다는 듯이 "주말에 쉴 수 있어요?"라고 물었던 것이다.

그때도 렌터카를 운전한 사람은 토라였다. 토라는 한껏 신이 났고, 산길에서 이따금 핸들을 과격하게 꺾었다. 나는 그럴 때마다 소리를 지르긴 했지만, 나 역시 들떠 있었다.

날벌레 떼가 날아다니는 부지를 걸어서 우리는 예약해 둔 산장으로 갔다. 밖은 추웠지만, 산장 안은 지열로 데워져서 그런지 과하게 더울 정도였다. 이마에 땀을 흘리며 짐을 풀고, 둘이서 온천으로 갔다.

어린이용 수영복을 입은 토라는 눈이 마주치는 사람마다 조심스럽게 미소를 건넸다. 알래스카에서 만난 사람에게는 모두 그랬다. 수줍지만 다정했다. 그런데 모두 토라에게는 특별한 애정을 갖고 대하는 것처럼 보였다.

커다란 온천 한가운데는 샤워기처럼 물이 뿜어져 나왔다. 중국인이 다섯 명쯤 진을 치고 앉아 떠들었다. 다들 상반신 피부가 보이지 않을 정도로 문신이 새겨져 있었다. 다른 백인들은 한결같이 조용했고, 물을 마시며 인내심 강하게 온천 안을 이동했다. 그 사람들이 큰 말코손바닥사슴을, 회색곰을 쏜다는 게 도무지 믿기지 않았다.

그곳에서는 이틀 밤을 지내기로 했다. 오로라를 볼 기회가 두 번 있다는 뜻이다. 산장 부지 안에서도 볼 수 있지만, 산 쪽으로 가면 오두막이 있는데, 거기서 기다리면 좋을 거라고 프런트에서 알려주었다. 그런데 토라는 장시간 운전에 아무래도 좀 피곤했는지 금세 잠들어버렸다. 나는 일단 오로라가 보이기 시작한다는 12시까지는 깨어 있었다.

오로라는 반드시 북쪽 하늘에서 나타난다. 그래서 노던라이트라고 부른다. 그런데 북쪽 하늘에는 짙은 구름이 머물러 있었고, 좀처럼 움직일 것 같지 않았다. 가끔 밖에는 나가봤지만, 오두막까지 갈 엄두는 나지 않았다. 2시까지 버티다 나도 잠들었다.

다음 날 밤에도 토라는 일찌감치 잠들었지만, 12시가 지난 무렵에 깨서 나왔다.

"오로라 보고 싶어?"

그렇게 묻자, 대답 같기도 하고 아닌 것 같기도 한 모호한 소리를 흘렸다. 그러면서도 옷을 잔뜩 껴입은 나를 따라 토라도 꾸물꾸물 옷을 갈아입었다. 보러 갈 마음은 있는 것이다. 산장 밖으로 나오자, 북쪽 하늘은 역시나 흐렸다. 혹시 토라의 의욕이 꺾일까 봐 내가 말했다.

"구름 사이로 보일 때도 있나 봐."

그러나 토라는 아무 대답도 하지 않았다. 애당초 토라에게 오로라를 보고 싶은 마음이 있는지조차 알 수 없었다.

건물 뒤쪽 산길로 가자, 진정한 칠흑 같은 어둠이 나타났다. 나일론 재킷이 스치는 소리만 들렸다. 위를 올려다보니 별들이 믿기지 않을 정도로 휘황찬란하게 반짝였지만, 그것은 동쪽 하늘이었다.

그때부터 토라는 갑자기 활기가 넘치기 시작했다. 한 치 앞도 보이지 않는 어둠 속에서 토라는 내 손을 잡은 손에 힘을 주며 얘기를 계속했다.

"무대를 한번쯤 캄캄하게 만들어보고 싶었어. 진정한 진짜 암흑으로. 그런데 그게 안 돼. 무슨 수를 써도 어딘가에는 반드시 작은 광원이 있으니까."

나는 갑자기 회색곰이 나타나지 않을까, 도로에서는 마주치지 않았던 말코손바닥사슴이 돌진해오지는 않을까 걱정돼서 제정신이 아니었다. 아이폰 조명만으로는 도저히 그 어둠을 대적할 수 없을 것 같았다.

5분쯤 걸어가자, 오두막이 보이기 시작했다. 어둠 속에 흐릿하게 떠 보였다. 나는 폐허가 된 그 눈으로 된 돔을 떠올렸다. 건물은 유리벽으로 둘러싸여 있고, 역시나 아무도 없었다. 토라는 신이 나서 문을 열었고 망설임 없이 안으로 들어갔다.

"보여?"

불빛이 없는 오두막은 나에게는 여전히 캄캄한 어둠이었다.

"안 보여, 그래도 대충 느낌으로 알아."

토라는 그렇게 말하며 거기 있던 의자를 척척 늘어놓았다. 갑자기 믿음직해진 토라와 나란히 앉자, 통증이 느껴질 것 같은 고요가 몸속을 꿰뚫었다.

북쪽 하늘은 절망적으로 흐렸다. 저렇게 구름이 짙어서

야 끊길 틈도 없겠지. 바람도 없었다. 눈이 어둠에 익숙해진 몇 분 만에 이미 포기하는 심정이었지만, 전혀 관심이 없었던 토라가 오히려 더 열심히 오로라를 기다렸다.

"과연 오로라가 나타날까?"

추위는 견디기 힘들었다. 정말로 용도가 단지 '오로라만 기다리는 오두막'에는 난방도 뭣도 없었다.

"안 추워?"

"춥지, 그렇지만 안 추우면 오로라는 뜨질 않아."

몸에 지방이 거의 없는 토라가 분명히 더 추울 텐데, 토라는 나를 격려하며 몸을 쓱쓱 문질러주었다.

"구름이 좀 열어진 것 같아, 저기 봐."

한 시간이 지나고, 두 시간이 지나도 구름은 열어지지 않았고, 꼼짝도 하지 않았다. 어쩌면 토라의 눈에는 구름의 미세한 움직임이 보였을지 모르지만, 아무리 생각해도 오로라는 나타날 것 같지 않았다. 아쉬웠다. 오로라는 여행의 목적이 아니었지만 우리는 어느새 어떤 상징처럼 여겼다.

나는 뼛속까지 냉랭해진 몸을 힘껏 문질렀다. 토라에게

그만 돌아가자고 했다.

토라는 나를 붙들었다.

"아냐, 볼 수 있을지도 몰라."

거의 조르는 듯한 목소리였다.

우리는 결국 오로라를 보지 못한 채 체나를 떠났다.

돌아가는 길에 페어뱅크스 공항에 가서 렌터카를 반납하기로 되어 있었다. 일본 렌터카처럼 연료를 가득 채워서 반납하라는 말은 없었지만, 일단은 주유소에 들르기로 했다.

페어뱅크스 시내에 있는 주유소에는 작은 카페가 있었다. 점심 전에 일어나서 바로 체나를 출발했기 때문에 우리는 그곳에서 커피를 주문했다. 기대하지 않았는데 예상외로 맛있는 커피를 마시면서 우리는 말이 없었다. 어젯밤의 열기는 거짓말이었던 것처럼 토라는 몽롱한 눈빛으로 밖을 내다보았다.

눈앞에 커다란 트럭이 멈췄다. 안에서 머리가 새하얀 노인이 내렸다. 순록 그림이 그려진 야구모자를 쓰고, 카무

플라주 무늬 멜빵을 하고, 담배를 입에 물고 있었다. 보나마나 트렁크에는 엽총이 들어 있을 것이다. 알래스카에서는 자주 봤지만, 일본에서는 거의 볼 수 없는 타입의 인간이다. 그는 우리처럼 커피를 시키더니, 우리 가까이에 앉았다.

"중국 사람?"

나지막한 목소리였다. 토라는 오늘도 영어를 못 하는 척하려는지 여전히 앞만 바라봤다.

"일본 사람이에요."

"오로라 보러 왔나?"

무뚝뚝했지만, 기분 나쁜 말투는 아니었다.

"네."

굳이 정직하게 대답할 필요는 없으리라. 알래스카 사람들은 틀림없이 오로라를 자랑스러워할 테니까.

"그런데 못 봤어요."

"그렇군."

남자는 커피를 마시며 담배를 피웠다. 모자를 벗은 정수리는 대머리였고, 오른손 새끼손가락 손톱이 찌부러져 있었다.

“그건 유감이군.”

그 이상 대화가 이어지지 않아서 왠지 어색해졌다. 토라를 힐끗 쳐다보니 여전히 멍하니 밖을 내다보고 있었다. 아름다웠다.

“오로라가 다시 돌아와주면 좋을 텐데.”

어색한 침묵을 메우려고 그렇게 말했지만 거짓말은 아니었다. 오로라가 다시 돌아와준다면 이번에는 꼭 보고 싶다고, 강렬하진 않지만 진심으로 바랐다.

“오로라는 돌아오지 않아.”

남자가 조용히 입을 열었다.

비난받은 것 같은 기분이 들어서 그를 바라보자, 남자는 희미하게 웃고 있었다.

“오로라는 늘 다시 태어나. 돌아오는 게 아니야.”

놀라울 정도로 다정한 눈빛이었다.

“돌아오는 건 당신이야.”

그는 ‘you’라고 했다. 그러니 ‘당신들’이라고 말한 걸지도 모른다. 돌아오는 건 당신들이야, 라고. 그렇다기보다 분명 우리 둘을 의미했을 것이다. 그런데 나는 나에게, 나에게만 말한 것 같은 기분이 들었다.

"돌아오는 건 당신이야."

뭔가가 몸을 관통한 듯했다.

나는 여기로 돌아온다. 돌아오고, 그리고 다시 오로라를 기다린다.

그 옆에 토라는 없을 것이다.

우리 사이에 이미 사랑은 없다. 적어도 토라는 나를 더 이상 사랑하지 않는다. 그러나 사랑 대신 온화하고 애착이 있는 시간이 만들어지기 시작했다. 헤어나기 힘든, 따뜻한 담요 같은 둘의 관계를 끝낼 수 있는 계기가 이번 여행에 있었을까.

대답이 없는 나를 남겨두고, 남자가 자리에서 일어섰다. 우리에게 가볍게 손을 흔들고 커피를 든 채로 트럭에 올라탔다. 그는 분명 계속 이 땅에 있을 것이다. 우리가 보지 못했던 말코손바닥사슴이나 순록, 회색곰처럼 이 땅에 뿌리를 내리고, 일본 따윈, 우리 따윈 한 번도 떠올리지 않고 살아가겠지. 그것은 내가 바라는 바이기도 했다. 나는 그에게, 그들에게 우리를 잊어주길 바랐다. 잊고 그냥 살아가주길 바랐다.

"돌아오는 건 당신이야."

요란한 엔진 소리와 검은 연기를 남기고, 트럭은 달려갔다. 토라가 옆에서 나지막이 한숨을 내쉬었다. 나는 내 몸을 관통한 것이 무엇인지, 내게 일어난 일이 무엇인지 가만히 생각에 잠겼다.

임신

희미하게 나타난 파란 선을 봤을 때는 어떻게 해야 좋을지 알 수 없었다.

아니, '어떻게 해야 좋을지'가 아니다. '어떻게 생각하면 좋을지'다.

'어떻게 생각하면 좋을지'라니, 너무 이상하다. 그건 내 감정이니까. 생각하려는 게 아니라 이미 먼저 생각이 들어버리는 것. 그것이 감정일 테지만, 그런데도 나는 정말 알 수 없었던 것이다. 어떻게 생각하면 좋을까?

분명 늘 꿈꿔왔던 순간이었다. 적어도 마땅히 기뻐해야

할 순간이었다. 그런데도 파란 선을 본 찰나, 한동안 근육이 굳었다. 절대로 이런 식으로 비유하면 안 되겠지만, 음모에서 흰 털을 발견해버렸을 때 같은 그런 느낌이었다. 여기까지 왔다, 되돌릴 수 없다. 아니, 정말 그럴까. 내 생각은 어떤 거지?

아이가 생겼다.

뒤늦게 찾아온 것은 공포였다. 내 몸에 생명이 깃들었다는 원시적인 기쁨보다 '어떡하나'라는 생각이 먼저 들었다.

아이는 언젠가는 낳고 싶었다. 그건 이미 서른이 지난 무렵부터 줄곧 해왔던 생각이다. 일에 쫓기다 보니 눈 깜짝할 새에 서른여덟 살이 되었고, 임신하기 힘든 나이에 접어들었다는 것도 알고 있었다. 표현할 길 없는 초조함에 잠들지 못하고 밤을 지새운 적도 있고, 난자를 냉동해둘까 진지하게 고민하며 가까운 난임 병원을 알아본 적도 있다.

오래 기다려왔던 아이다. 내 아이.

그런데도 나는 속옷을 내린 채로 화장실에서 한동안

멍하니 있었다.

그를 만난 것은 네 달 전이었다. 동료들과 가진 술자리에 관계없는 그도 참석했다.

"싱글 남자를 데려왔습니다!"

'도쿠나가 교헤이'라는 그를 데려온 회사 동료 다바타가 싱글인 우리 셋에게 목소리를 높였다. 서른두 살인 다바타는 이미 결혼했고, 딸이 셋이나 있었다.

"대학 동기예요. 한 번 이혼을 한 적이 있지만, 여러분 나이쯤 되면 그런 건 더 이상 꺼릴 순 없겠죠?"

무릇 다바타라는 남자는 이런 사람이었다. 요컨대 섬세함이라곤 찾아볼 수 없었다. 당시 갓 서른여덟 살이 된 나를 필두로 서른일곱 살과 서른여섯 살로 한 살씩 차이 나는 싱글 여성 셋을 앞에 두고, 너희는 더 이상 상대의 이혼 이력은 '꺼릴 수 없는' 레벨이야, 라고 선언해버릴 정도로.

발끈했다.

그건 다들 마찬가지였을 거다. 그런데도 우리는 갑자기

눈앞에 나타난 도쿠나가 교헤이의 존재에 완전히 흥분하고 말았다.

잘생기지는 않았지만 호감이 가는 청결함이 있었다. 의료 계통 출판사에서 일한다고 했다. 황갈색 둥근 뿔테 안경을 쓰고, 트위드 재킷을 입고, 굵은 웨이브 파마를 했다. '의료계 이퀄 딱딱한 직업'이라고 여겼던 내 선입견에서 보면 상당히 세련돼 보였다.

"용케 이런 남자가 남아 있었죠? 안 그래요?"

다바타는 끝까지 시끄럽게 떠들어댔지만, 분명 용케 '남아줬네' 하는 생각이 들었다. (어쩌다 다바타 같은 저런 인간과 친구가 됐을까 싶었지만, 그런 말은 하지 않았다.) 이혼을 했다는 사실도 신경 쓰이지 않았다.

우리는 차례대로 화장실에 가서 티 나지 않게 화장을 고치고 자리로 돌아왔다. 각자의 고유한 매력 포인트를 은근히 내비쳤고, 다른 두 여성에 대한 칭찬도, 다바타를 맞춰주는 배려도 잊지 않았다. (모두 어른인 것이다.) 휴대폰에 단체 대화방을 만들어서 별 지장 없는 대화를 나눴고, 물론 나중에는 개인적으로 메시지를 보냈다. 단체 대화방에서는 바보 같은 이모티콘 같은 건 아무도 쓰지 않았지만, 개인적으로 보내는 메시지에서는 어느 정도 친밀하게, 그리고 어려 보이는 이모티콘을 보냈다. 다른 두 사람도 그랬을 것이다.

그런데 어찌된 영문인지 그의 마음을 얻은 사람은 나였다. 아니, '어찌된 영문인지'는 거짓말이다. 엄청나게 노력했다. 잇몸에 피를 흘리며 치석을 제거했고, 피부뿐만 아니라 나이가 고스란히 드러나는 머리카락과 손톱까지 철저하게 손질했다. 단둘이 만날 기회를 만들고, 유머 있는 대화를 하려고 노력하고, 그의 얘기에도 성심을 다해 귀를 기울였다. 여섯 살 연상으로서 '믿음직한 여성'을 연출했고, 그러면서도 순진한 구석도 잊지 않고 내비쳤다.

그런데 그런 노력들을 뛰어넘는 결정타는 고양이였다. 지인에게 받아온 줄무늬고양이다. '싱글 여성이 고양이를 키우면 끝'이라는 말은 물론 알고 있었다. 회사에서 책임이 따르는 일을 맡고 있다 보니 과연 내가 생명체를 잘 보살필 수 있을까 하는 불안도 있었다. 그런데도 나는 그 고양이를 받아왔다. 개와 달라서 어느 정도는 내버려둬도 되고, 나중에는 이틀 정도 집을 비울 수 있다는 말도 영향이 컸지만, 결국은 그 녀석(모이라고 이름 붙였다)의 매력에 저항할 수 없었기 때문이었다.

집에 와서 사흘가량은 어미가 그리운지 계속 울어댔다. 그 작은 몸에서 어떻게 그런 힘이 나올까 싶을 정도로 크게 울어대서 나는 목욕도 느긋하게 못 하고 모이 곁을 지켜야 했다. 혹여 이웃에게 피해가 될까 두려워서였다. 이제 틀렸어, 더 이상 울면 내가 돌아버릴지도 몰라. 그렇게 생각한 나흘째, 모이는 체념했는지 울음을 뚝 그치고 내 무릎 위로 올라왔다. 너무나 안심한 나머지 이번에는 내가 울어버렸다.

모이 얘기를 꺼내자, 그의 태도가 갑자기 적극적으로 변했다.

"고양이? 고양이가 있어요? 줄무늬고양이? 수컷?"

혹시 고양이 알레르기가 있으면 이 관계는 끝이다, 그렇게 각오했던 터라 그의 흥분은 더없이 기뻤다. 결국 그가 '모이를 보고 싶다'는 의욕을 내비쳐서 바로 우리 집에 왔고, 그 결과 산사태에 휩쓸리듯 관계를 가졌다.

그가 "사귀자"는 말을 한 것은 다음 날 아침이었다. 그의 무릎에 새치름하게 앉아 있는 모이에게 '굿 잡!'이라고 칭찬해주고 싶었고, 실제로 그가 돌아간 후에 말린 고급 닭가슴살을 상으로 주었다. 기쁘고 행복해서 하늘로 날아오를 듯한 기분이었지만, 밤이 깊어갈수록 이루 말할 수 없이 불안해졌다.

'그 사람은 날 좋아하는 게 아니라, 모이가 보고 싶은 것뿐일지도……?'

어릴 때부터 나는 늘 그랬다. 기쁜 일이 생기면, 그것과 동등한 나쁜 생각을 떠올리며 불안해했다.

들어가기 힘든 고등학교에 합격했을 때도 기쁨이 채 가시기도 전에 '공부는 제대로 따라갈 수 있을까'라며 불안해했고, 조건이 좋은 지금 회사로 옮겼을 때도 '과대평가를 받은 거면 어쩌지'라며 떨었다. 대부분은 그런 불안들을 노력으로 극복해왔지만, 사실 연애만큼은 노력만으로는 어쩔 도리가 없었다. 대학 시절에는 남자친구가 못 견디게 좋았고, 게다가 남자친구에게도 똑같은 열량으로 사랑받았다. 그런데도 '이런 행복이 계속될 리 없어'라는 두

려움에 열량을 분산시켜야겠다는 마음으로 다른 남자와 무의미한 바람까지 피웠다. 그것이 원인이 돼서 그에게 차이고 말았으니 도무지 말이 안 된다.

이런 성격은 엄마를 닮았다. 엄마는 시종일관 부정적인 사람이었다.

무슨 좋은 일이 생겨도 기뻐하지 않고, 일단은 "그렇지만……"이라며 부정적인 의견부터 말했다. 내가 초등학교 때 시험에서 백 점을 맞았을 때도 "여자애가 너무 머리가 좋아도……"라며 미간을 찡그렸고, 남동생이 이른바 일류 외국계 기업에 취직했을 때도 "외국 회사인데 괜찮을까……"라고 푸념을 늘어놓았다. 아빠에게도 일관되게 그런 태도였기 때문에 결국 아빠는 예순네 살에 폐암으로 돌아가실 때까지 진정으로 기뻐하는 엄마 얼굴을 본 적이 없었을 것이다.

나는 엄마의 그런 면이 너무 싫었다. 단 한 번이라도 좋으니 제발 큰 소리로 "좋았어!"라고 소리쳐보라고 속으로 생각했다.

그런데 마땅히 꺼려야 할 그 성격이 나에게 고스란히

유전된 것이다.

그와의 교제는 더없이 행복했다.

4형제 중 셋째라는, 책임이 따르지 않는 포지션으로 자라서 그런지 아주 대범한 데다 다정했다. 나는 물론이고 모이도 소중하게 여겼고, 못 만날 때는 자주 연락했으며, 출장을 가면 모이와 나에게 선물을 사다주었다.

하지만 그가 멋진 사람일수록 '그런데 왜 이혼했지, 이렇게 젊은 나이에?'라는 생각이 들었고, 역시 애당초 다바타 같은 천박한 사람과 친구라는 것 자체가 이상하다며 의심했다. 그리고 몇 초 후에는 가정폭력, 빚, 중혼, 사기 등등 온갖 종류의 부정적인 상상을 떠올리다 토할 지경이 되었다. 탐정을 고용하고 싶은 충동을 억제하느라 엄청난 노력이 필요했을 정도다.

그렇다, 노력이다.

노력으로 덮을 수만 있다면, 나는 뭐든 다 할 각오였다. 지금까지도 줄곧 그렇게 살아왔다.

대범한 여성이고 싶다. 결혼에 안달하고 싶지 않다. 그에게 압박을 주고 싶지 않다. 그렇지만 그러려고 노력하면 할수록 어깨와 관자놀이에 힘이 들어갔다. 그럴 때 무심코 거울을 보면, 나는 소름이 끼칠 정도로 엄마를 닮아 있었다.

차라리 임신 먼저 해버리면 떠밀려가듯 결혼으로 이끌어갈 수 있지 않을까. 실제로 그런 생각을 한 적도 있다. 한번이 아니다. 그런 생각을 하는 여자만큼은 되고 싶지 않았다. 애당초 '결혼으로 이끌어가다니', 한심하기 짝이 없다. 결혼을 결승점으로 여기는 여자도, 파트너가 결혼해주기를 간절히 바라는 여자도 되고 싶지 않았다. 좀 더 긍정적이고, 스스로에게 자신감이 있고, 자립적인 사람으로서 다양한 행복을 행복 그대로 받아들일 수 있는 여자이고 싶었다.

임신 테스트기를 산 것은 생리가 늦어진 지 일주일쯤 지난 무렵이었다.

매달 내 성격을 고스란히 반영하듯 정확하게 찾아오는 생리가 일주일씩 늦어지는 건 예삿일이 아니었다. 인터넷으로 찾아보니 일주일이면 결과가 아직 확실하게 나오지 않는 경우가 있다고 나왔지만, 도저히 더는 기다릴 수 없었다.

그래서 나는 화장실에서 멍하니 있었던 것이다.

희미하게 파란 선이 드러난 임신 테스트기가, 그 하얀 막대가 내 운명을 완전히 바꿔놓았다.

공포와 함께 떠오른 생각은 '배란일을 계산해서 의도적으로 임신했다고 의심하면 어쩌지'였다. (일단 임신부터 해버릴까 하는 생각까지 했으면서!) 다정한 그는 그렇지 않을지도 모르지만, 다른 두 사람은 그렇게 생각할 것이다. 다른 두 사람이란, 그를 두고 사실상 경쟁을 벌였던 두 여성이다.

그녀들에게는 그와 사귄다는 말을 아직 하지 않았다. (물론 다바타에게도 안 했다. 그에게는 '부끄러우니까 다바타 씨에게는 말하지 말라'고 말해두었다.) 각자 티 나지 않게 서로서로 견제했지만, 때마침 프로젝트 팀이 변경돼서 회사에서도 그녀들과 거의 마주치지 않게 되었다. 각자 개인적으로 메시지를 보내게 된 후로는 단체 대화방의 알림 소리는 전혀 울리지 않았고, 그래서 자연스럽게 그녀들과도 연락하지 않았다.

내가 임신한 걸 알면?

그런 생각까지 하는 나 자신에게 오싹 소름이 끼쳤다. (원래는 그와 이런 관계가 된 게 더없는 행복인데, 나는 그 다바타에게 소개받은 남자랑 사귀는 걸 부끄럽다고까지 느끼는 것이다!) 생명의 탄생을 기뻐하기보다 먼저 주위에서 어떻게 받아들일까 하는 천박한 걱정부터 하다니, 내게 과연 엄마 자격이 있을까.

엄마.

갑자기 그 말이 무게감을 띠었다.

그렇다. 아이가 생겼으니 나는 엄마가 되는 것이다.

속옷을 끌어올리는 손이 떨렸다. 테스트기가 바닥에 떨어졌지만 주울 수 없었다. 이런 내가?

엄마는 훨씬 숭고한 존재인 줄 알았다. 몸속에 생명이 깃드는 신비한 경험을 하면, 여자는 자동적으로 그 신비함으로 성큼 다가가는 인간이 된다고 생각했다.

세상에 통용되는 '엄마'의 이미지는 대체로 그렇다. 불룩하게 튀어나온 배를 어루만지며 여신 같은 표정으로 미소 짓는 여성, 그거야말로 '엄마'라고 텔레비전이, 광고가, 연예인의 인스타그램이 선언했다. 자립한 여성으로서 대외적으로는 '그건 이상하다', '엄마 이미지는 만들어진 것이다'라며 화를 냈지만, 그러면서도 나 역시 그런 이미지를 도무지 떨쳐내지 못했다. 그래서 '임신을 숨기고 화장실에서 몰래 출산한 후 아기를 화장실에 버리는' 엄마는 솔직히 악마라고 생각했다.

그런데 지금 나는 '여신적인 엄마'도 '악마적인 엄마'도 아닌, 굳이 표현하자면 훨씬 더 실망스럽고 격이 떨어지는 '추악한 엄마', 가장 봐주기 힘든 상태인 것이다.

'계획적으로 임신했다고 의심하면 어쩌지?'

이게 대체 무슨 말인가!

지금 이 상황에서 그런 생각을 하는 나는 얼마나 역겨운 인간인가.

인터넷에서 나와 같은 생각을 하는 사람이 있는지 찾아보고 싶었다. 그러나 그런 생각을 하는 자체도 역겹다며 마음을 고쳐먹고 간신히 억눌렀다.

아니, 사실은 무서웠다.

그런 '엄마'에게 쏟아지는 세상의 온갖 욕설을 눈으로 확인하는 게 이루 말할 수 없이 두려웠다.

전에 친구 결혼식에 입고 갈 옷 때문에 망설인 적이 있었다. 하늘색 드레스를 입고 싶었지만, 등 쪽이 하얘서 흰색이 결혼식 매너에 어긋나지 않는지 알아봤다. '결혼식, 옷, 등, 흰색'으로 검색해보니 나랑 비슷한 고민을 가진 여성이 질문을 올린 사이트가 떴다. 반가운 마음에 클릭하자 눈으로 날아든 답변들은 '몰상식', '믿기지 않는다', '단지 눈에 띄고 싶을 뿐', '무지' 등등의 비수와 같은 말들이었다.

좋아하는 사람의 아이를 임신했는데, 이제 막 사귀기 시작해서 결혼도 아직 결정하지 않았습니다. 상대나 주위 사람들이 계획적으로 임신했다고 의심하면 어쩌나 불안합니다. 어떻게 하면 좋을까요?

그런 질문에 호의적인 답변이 올라올 리 없다. 그야 나

자신도 그런 생각을 먼저 떠올리는 내가 역겨우니까. 굳이 컴퓨터를 열어보지 않아도 안다. 나는 갈기갈기 만신창이가 되겠지. 그리고 그 상처는 아무도 치유해주지 않을 것이다. 아무도.

한숨도 못 자고 아침을 맞았는데, 그에게 문자가 와 있었다.

지방에서 의사 취재 일정이 겹쳐져서 좀처럼 시간을 내기 어렵다는 내용이었다.

미안해. 모이 보고 싶다.

아아, 정말 최고의 타이밍이 아닌가.

그는 역시 나와 함께하고 싶은 게 아니다. 모이와 함께하고 싶은 것이다.

고양이를 좋아하는 사람은 아기도 좋아할까? 개를 좋아하는 사람과는 다르게 도무지 상상이 안 갔다. 모이는 고양이치고는 어리광쟁이에 낯도 가리지 않는 사랑스러운 성격이지만, 인간의 아기와는 완전히 다르다. 돈이 들고 수고로움이 따르며, 무거운 책임까지 동반되는 '아기'라는 존재를 그가 과연 기뻐할까?

나는 고양이를 좋아하지만, 솔직히 모이가 마구 울어댔던 사흘간은 벼랑 끝에 선 심정이었다. 고양이는 청결한 데다 화장실도 잘 가려서 함께 살아갈 수 있지만, 지금도 모이가 가끔 유리나 꽃병을 떨어뜨리면 버럭 소리치고 싶어진다.

인간의 아기는 훨씬 두렵다. 불결하고 철부지인 데다 놀라울 정도로 잔혹한 면이 있다. 그런데도 '내 아이'는 갖고 싶어지니 내 속을 알 수 없다. 사회에서 그렇게 생각하도록 만든 것뿐일까. 여성은 묘령의 나이가 되면 아이를 원하는 존재라고 어릴 때부터 수도 없이 입력된 결과일까. 그 증거로 지금 내 내면에는 모성이라곤 털끝만큼도 찾아볼 수 없다.

그게 아니면 모성은 아기를 잉태한 열 달 열흘 동안 싹트는 것일까. 싹트지 않으면 어쩌지. 무사히 아이를 낳은 후에도 다른 수많은 아이에 대한 마음처럼 '불결하고 철

부지에 잔혹하며 돈과 노력이 드는' 존재라는 생각이 그대로면 어쩌지. 모이에게 그랬던 것처럼 벼랑 끝에 선 심정이면 어쩌지.

그에게 알리기 전에 내 각오부터 다져야 한다. 낳을 것인지, 낳지 않을 것인지.

거기까지 생각하다 또다시 흠칫했다. 나에게는 '낳지 않을' 선택지가 있을 리 없는데.

당연히 나이도 고려해야 했다. 그렇지만 지금 내 배 속에 아기가 있다는 현실은 저항할 수 없는 강력한 힘으로 나를 지배했다. 아이가 생겼다기보다는 습격당했다는 표현이 훨씬 와닿았다. 이젠 도망칠 수 없다. 이젠 되돌릴 수 없다.

입술이 자꾸 말라서 견딜 수 없었다. 혀로 입술을 핥자, 까슬까슬 일어난 입술은 비참한 상태였다. 손가락으로 문지르니 피가 번졌다.

그 후로 나는 이루 말할 수 없이 불안정했다.

낮에는 그나마 나았다. 해야 할 일이 있었고, 잠시나마 임신을 잊을 수 있는 순간이 있었다. 볕이 잘 드는 카페에서 점심을 먹다 보면 왜 그런지 자신감 비슷한 감정이 뭉게뭉게 솟아오를 때도 있었다. '괜찮아, 그 사람도 틀림없이 기뻐할 거야'라는 감정. '멋진 가족이 될 것 같아'라는 감정. 그리고 그것과는 전혀 다른 놀랄 만한 자신감이 솟아오를 때조차 있었다.

'만약 그가 주저한대도 보란 듯이 나 혼자 이 애를 키워내겠어!'

이런 감정이 당돌하게 솟구치곤 했다. 그리고 그럴 때면 손은 반드시 배에 얹혀 있었다. 카페에서, 회사로 들어가는 길에 홀로 미소를 머금기도 했다. 거칠고 용감하고, 그야말로 여신과 같은 스스로에게 한순간이나마 안심했다. 거봐, 나도 '엄마'가 될 수 있잖아, 라며.

그런데 나중에 그런 감정들은 날씨와 연관이 있다는 게 판명되었다.

요컨대 구름 한 점 없이 맑은 날이면 내 마음도 활짝 개서 '그 사람도 기뻐할 것이다', '혼자 키워내겠다' 같은 긍정적인 감정(내게는 분명 거의 없을 텐데)이 고개를 쳐든

다. 그렇지만 날이 흐려지기 시작하면 내 마음에도 구름이 끼고(이쪽이 대체로 내 디폴트 감정과 맞는다), 비라도 오는 날이면 불안해서 견딜 수 없었다. 그리고 그런 날에는 어김없이 '예의 그 두 사람'과 다바타가 이따금 우리 사무실에 왔고, 그때마다 나는 몸을 숨기듯 화장실로 뛰어들었다.

더 고역스러운 시간은 밤이었다.

제아무리 맑은 날이라도, 달빛이 아름다워도, 밤에는 긍정적인 생각이 불가능했다.

영화를 봐도 책을 읽어도 요리를 해도 머릿속은 온통 '그 생각'뿐이었다.

'내가 엄마가 될 수 있을까?'

'그 사람이 기뻐할까?'

'잘 키울 수 있을까?'

몇 가지 '생각'들이 떠오르고, 결국은 내가 어떤 문제를 고민하는지 알 수 없게 되고, 최종적으로는 '뭔지 모르겠지만 무섭다'는 감정에 초조해져서 겁을 먹고, 공황에 빠진다. 그럴 때 절대 해서는 안 되는 행동이 인터넷 검색인데, 그걸 잘 알면서도 나는 결국 컴퓨터로 손을 뻗고 말았다.

처음에는 단순하게 '임신'을 검색했다. '여신적인 엄마' 이미지와 '악마적인 엄마' 이미지가 혼연일체를 이룬 세계였다. 나는 그것들을 딱히 볼 마음도 없이 봤고, 다시 말해 '뭔가를 해결할' 의사도 없이, 단지 그 혼란한 세계에 몸을 던졌다. 나보다 더 혼란한 소용돌이 속에 있으면 안심이 돼서 그랬는지 모르지만, 물론 그런 안심은 길게 가지 않았고, 나는 금세 다시 '엄마가 되는 불안'이라는 거센 물줄기에 휩쓸리고 말았다.

인터넷 안에는 온갖 불안들이 넘쳐났다.

무사히 낳을 수 있을까, 환경 변화에 대처할 수 있을까, 금전적인 문제나 미숙한 남편, 유산에 대한 공포, 엄마와의 불화, 누구에게도 의지할 수 없는 불안.

개인적으로 글을 올린 블로그가 많았지만, 개중에는 누가 썼는지도 모를 그저 '두려워하라!'고 주장할 뿐인 사이트도 있었다. 모든 것에 불안했던 나는 오히려 그런 예리한 각에 상처입지 않고, 무디게 불안을 키워나갔다.

그렇게 되자 상처받는 것에 이미 완전히 마비돼버려서 '상대나 주위 사람이 계획적으로 임신했다고 의심하면 어쩌나' 등등의 불안을 찾아내려 검색하고 있었다. 딱 들어맞는 내용은 없었지만 '그 사람에게 아직 말하지 않았다', '뜻하지 않은 임신' 같은 유형의 고민은 있었고, 그에 대한 댓글은 칼을 넘어서서 거대한 검으로 목을 싹둑 베어버리는 것 같은 내용뿐이었다.

'무책임', '최악', '이해 불가', '살인자'

그중에 가장 많았던 건 '아이가 불쌍하다'는 말이었다.

'당신 같은 사람이 임신을 하다니, 아이가 불쌍하군요.'

이 말은 무뎠던 내 상처를 철저하게 도려내고, 파헤치고, 갈기갈기 찢었다.

아이가 불쌍하다.

그건 나도 마음 한구석에 품고 있었던 생각이다. '중절 시기'라는 키워드를 쳤을 때는 흠칫 놀라 배를 만졌다. 그리고 바로 손을 뗐다. 그런 '모성적' 행위를 할 자격이 나에겐 없다는 생각이 순간적으로 들었기 때문이다.

낳기로 마음먹었더라도 이미 이런 검색을 당해버린 아

이를 나 같은 인간이 행복하게 해줄 리 없다.

아이가 불쌍하다.

그렇다, 이 아이는 불쌍하다. 가엾은 아이다. 눈물이 났지만, 울 자격도 없었다. 가엾은 아이, 하필이면 나 같은 인간의 배 속에 깃들어버리다니.

오후에 반차를 내서 병원에 갔다.

집에서 두 정거장 떨어진 곳에 있는 큰 종합병원이었다. 작은 산부인과보다는 왠지 긴장이 덜 될 것 같아서 그곳에 예약을 잡았다.

어쩌면 임신이 아닐지도 모른다. 파란 선은 흐릿했고, 최근에는 많이 바빴고, 스트레스로 생리가 늦어질 수 있다는 얘기도 자주 들었다. 전철 안에서 그렇게 스스로에게 말을 걸었지만, 임신하지 않았을 경우를 떠올리니 이루 말할 수 없이 슬펐다. 나는 왜 이리도 제멋대로일까, 이 지경에 이르러서도 여전히 내 마음을 알 수 없었다. 나는 대체 뭘 바라는 걸까.

전철이 흔들렸다. 재빨리 손잡이를 잡았다. 임신하면 만원 전철은 못 타겠구나, 멍하니 생각하다 그런 자신이 또 다시 부끄러워졌다.

평일 오후라 한산하겠거니 예상했는데, 산부인과 외래는 몹시 붐볐다. 오후 2시 반에 뽑은 번호표에는 '107'이라고 찍혀 있었다. 널찍한 대기실은 배가 불룩한 여성, 나처럼 회사에 휴가를 냈을 법한 여성, 그리고 우리 엄마 정도 나이로 보이는 여성 들로 넘쳐났다.

배가 불룩한 여성과 엄마 연배의 여성은 도외시하고, 나는 '나와 비슷한 여성'의 표정에서 '여신적인' 기미가 있는지, 혹은 '악마적인' 기미가 있는지, 그리고 무엇보다 바랐던 '추악한' 기미가 감돌지는 않는지 살폈다.

꼭 임신으로만 오지는 않았을 테니, 그런 식으로 생각하는 나 자신이 물론 싫었다. 그렇게 자신이 싫다고 느낄 때마다 내 몸이 검은 독 같은 것에 서서히 침식당하는 기분이 들었다. 눈을 감아도 그 독은 멈추지 않았다.

내 몸은 이미 모체(母體)일까?

그렇다면 이 독은 이미 태교에 나쁜 게 아닐까?

산부인과 예약을 했을 때부터 이상하게 가슴이 땡땡해

지는 기분이 들었다. 생리가 늦어진 지 이미 12일, 아무에게도 털어놓지 못한 채 오늘에 이르렀다. 엄마는 물론 논외였다. 결혼한다는 얘기도 없이 임신 소식을 전한다면, 그 순간의 엄마 표정이나 미간 주름은 보지 않아도 상상이 갔다.

나는 이대로 누구에게도 의지할 수 없는 엄마가 되는 걸까.

역시 엄마는 될 수 없을까?

그도 그럴 게 나는 이렇게.

이렇게.

견딜 수 없이 갑갑한 마음에 얼굴을 들었다. 뭘 보든 괴로워서 시선을 이리저리 헤매자, 텔레비전이 있었다. 대기실에 놔둔 대형 텔레비전이다. 화면을 보는 사람도 있고, 고개를 숙인 사람도 있고, 그저 텔레비전 소리만 울려퍼졌다. 내가 어떻게 이 소리를 못 알아챘나 싶을 정도로 음량이 컸지만, 아무도 신경 쓰지 않았다.

"일본은 미국의 그런 강경 정책을 따라가려 하는데, 와카사기 씨는 어떻게 생각하십니까?"

오후 와이드쇼인 듯했다. 순간적으로 '못 볼 걸 봤다'는 생각이 들었다. 무의식적으로 리모컨을 찾았지만, 물론 당연히 없었다.

"엇, 어어, 저한테 묻는 건가요?"

해설자들이 웃었다. 사회자도 일부러 장난으로 당신에게 질문했다는 태도였다. 히죽히죽 웃으며 "글쎄요"라며 대답을 기다렸다.

"아니, 그게, 애당초……."

대답하는 사람은 와카사기라는 남자다. 예전에 스타 축구선수로 화려한 성적을 올렸지만, 나중에 각성제에 손을 대서 바닥까지 곤두박질쳤다.

"오, 와카사기 씨, 대답을 하시네요?"

또다시 모두가 웃었다. 와카사기는 살이 너무 쪄서 전성기의 빛은 흔적조차 찾아볼 수 없었다.

저런 남자가 '복귀'할 수 있으니 연예계는 도무지 신용할 수 없는 곳이다. 뻔뻔한 캐릭터로 다시 전성기를 맞으려는 꿍꿍이 같은데, 텔레비전에 나올 때마다 부주의한 발언을 해서 구설수에 오르는, 이른바 노이즈 마케팅으로

만 살아가는 남자였다. 배설물이나 쓰레기 같다. 다시 말해 인간으로 인정할 수 없다. 그 사람을 보면 기분이 나빠져서 나는 그가 나오면 늘 채널을 돌렸다.

"일본을 되찾아야 한다느니 메이크 아메리카 그레이트 어게인이니 하는데, 애당초 왜 그리 강해야 하는지……."

주위를 둘러봤지만, 역시나 아무도 주의를 기울이지 않았다. 이런 프로그램이야말로, 저런 남자야말로 태교에 나쁘지 않을까 염려스러웠지만, '엄마다운 엄마'는 그런 것도 개의치 않는 걸까? 그러고 보니 몇 명인가 읽고 있는 잡지는 역겨운 가십 주간지였다.

"일본도 미국처럼 국력, 국력 외치는데…… 약한 나라로 근근이 살아가면 안 되는 걸까요?"

오늘도 이 남자는 쓰레기다. 올림픽을 앞두고 사기를 올리려고 모두 노력하는 와중에 약한 나라라도 좋다고 말한다. 그것은 노력하지 않는 인간의 변명일 뿐이다.

나는 그런 족속들이 제일 싫었다. 변변히 노력도 하지 않고, '있는 그대로의 나'를 인정해주길 바란다. 현역 시절의 노력 따윈 이미 소용없다. 지금 현재의 노력을 방기한 인간은 '지금 현재'에서 도태되어야 마땅하다. 텔레비전은 왜 저런 남자를 출연시키는 걸까?

"약한 게 그렇게 잘못입니까?"

그런데도 시선을 돌릴 수 없었다.

병원이기 때문이 아니다. 공공장소라 채널을 바꾸거나 텔레비전을 끌 수 없기 때문이 아니다.

"약한 인간이라도 함께 살아갈 수 있는 것이 사회 아닌가요?"

나는 와카사기에게서 눈을 뗄 수 없었다.

와카사기는 머리를 긁적이며 머뭇머뭇 얘기했다. 역시 현역 시절의 찬란했던 빛은 찾아볼 수 없었다. 당당하고 자신감으로 넘쳐나서 절대 나약한 소리를 입에 담지 않았던 그 스타 선수가 지금은 이토록 주눅이 들어 있다.

"저는 현역 시절 내내 강해야 한다고 생각했습니다. 강한 남자가 아니면 살 자격이 없다고. 하지만 그렇게 강한 척하면 할수록 괴로웠고, 그래서 결국 그런 데까지 손을 댔죠. 나 자신이 한심했어요. 이렇게 나약한 인간이었구나 하고 절망했습니다."

누군가가 인터넷에 글을 쓰는 소리가 들렸다. 보나마나 이 남자는 오늘도 또 구설수에 오를 것이다.

'까불지 마', '어디서 어리광이야', '역시 쓰레기였어', '똥멍청이'

"그렇지만."

와카사기는 왜 그런지 카메라를 쳐다보았다. 장난스러운 태도를 보인 사회자가 아니라, 업신여기는 태도를 보인 해설자가 아니라, 머뭇거리는 눈빛으로 이쪽을 바라보았다.

"내가 약한 인간이라는 걸 확실하게 자각하니까 강한 척했을 때보다 뭐랄까, 훨씬 살기 편해졌어요. 자신의 나약함을 인정하면 반대로 강해질 수 있어요."

아니, 와카사기 씨, 그러니 일본도 약해지라는 말인가요. 그거야말로 나약한 인간의 태만 아닌가요, 본래 국제사회라는 것은…….

해설자들이 저마다 한마디씩 외쳤다. 와카사기는 카메라를 바라보던 시선을 거두고, 조용히 자기 무릎을 내려다보았다. 마치 야단맞는 어린애처럼. 그 모습은 너무나 나약했다.

"자신의 나약함을 인정하면 반대로 강해질 수 있어요."

그런데 '정론'을 외치는 해설자들보다, 그것을 내려다보며 조정하려는 사회자보다, 나는 와카사기에게 더 믿음이 갔다. 그런 말은 절대, 절대로 인정하고 싶지 않았지만, 그럼에도 와카사기를 진심으로 믿을 수 있다는 마음이 들었다.

쓰레기, 똥, 겁쟁이.

손을 갖다 댔다. 내 배에. 아직은 전혀 나오지 않은 배, 어쩌면 생명은 깃들지 않았고, 단지 소화가 안 된 음식물만 쌓여 있을지도 모를 배에. 이번에는 그 손을 떼지 않았다. 떼지 않아도 된다고 생각했다.

나는 나약하다.

나약한 인간이다.

스스로에게 들려주었다. 내 몸에, 어쩌면 미래의 아이에게. 모호한 그 무언가에.

나는 이토록 나약하다.

이토록.

"107번 고객님!"

정신을 차려보니, 호출 화면에 '107'이라고 크게 떠 있었다. 짜증이 난 간호사가 큰 소리로 외칠 때까지 알아채지 못했다. 텔레비전에, 와카사기에게 정신이 팔려서 알아채지 못했다. 이 얼마나 촌스럽고, 추악한 인간이란 말인가.

나는 나약하다.

자리에서 일어서자, 왠지 시야가 또렷해졌다. 옆게 가로막혀 있던 막이 깨끗이 걷혔다. 거기에는 '괜찮아, 그 사람도 틀림없이 기뻐할 거야', '멋진 가족이 될 것 같아', '이 아이를 나 혼자 키워내겠어!' 같은 용감함은 없었다. 아무것도 없었다. 단지 이 몸으로, 추악한 이 몸으로 살아가게 될 거라는 묘한 실감뿐이었다.

두브로브니크

어릴 때부터 영화를 좋아했다.

일곱 살 때 아빠를 따라가서 〈지옥의 묵시록〉을 본 것이 최초의 기억이다. 아빠가 특별히 영화를 좋아했던 건 아니다. 프란시스 포드 코폴라 감독의 그 작품은 일곱 살 짜리 딸을 데려가기에 적합한 영화 같지는 않지만, 그것은 오히려 그가 영화에 무감각했기 때문일 것이다.

나는 얌전한 아이였고, 아빠는 평소에 거의 만날 수 없었기 때문에 잘 따르지는 않았다(그는 내 친아빠가 아니었다). 아빠도 둘이만 있어야 하는 상황에 일종의 어색함을 느꼈을 것이다. 무슨 생각을 하는지 모르는 딸과 이런저런 얘기를 나누지 않을 수만 있다면 뭐든 상관없었을 것이다(결국 그는 이듬해에 집을 떠났다).

나는 늘 혼자 놀았다. 유치원에도 잘 적응하지 못했고, 당연히 초등학교도 마찬가지였다. 아이들이 무서웠다. 남을 밀치고 그네에 올라타는 아이, 콧물 묻은 손으로 내 몸을 만지는 아이, 멋대로 내 가방을 열고 뒤지는 아이는 그저 공포의 대상일 뿐이었다. 그러니 친구 같은 존재가 될 리 없었다. 게다가 유치원 선생님이나 초등학교 선생님 같은 어른들은 내가 무슨 생각을 하는지 늘 탐색하는 기분이 들어서 마음을 열 수 없었고, 아빠가 집을 나간 후로 엄마는 용수철이 튀어오르듯 잇따라 새로운 사랑에 뛰어들어서 나를 돌봐줄 여력이 없었다.

내 친구는 언제나 머릿속에 있었다. 동갑인 여자애(라라)와 나이가 조금 위인 오빠(누누), 귀여운 개도 있었고(페페), 멋진 말도 있었다(다다). 그들은 절대 고함을 지르지 않았고, 물론 폭력도 휘두르지 않았으며, 절대적으로 나를 사랑해주었다. 나는 머릿속으로 그들과 대화를 나누고(개나 말과도), 점점 더 따뜻한 우정을 깊이 다져갔다.

"안녕, 라라!"

"안녕, 유키! 오늘은 뭐 하고 놀까?"

"으음, 다다 타고 소풍 가자!"

"소풍, 재미있겠네. 그럼, 샌드위치 만들어야지. 피넛버터면 될까?"

"레몬잼도 가져가!"

"멍멍! 내 소시지도 잊지 마!"

"어머, 페페. 물론이지."

"그럼 난 큰 냄비를 들고 갈게. 불 피워서 수프를 만들자."

"누누 오빠, 그 큰 냄비에 케이크 구울 수 있을까?"

"케이크?"

"잊어버렸어? 오늘 유키 생일이잖아!"

"어, 내 생일이라고?"

"그래!"

생일은 몇 번이고 찾아왔다. 너무 빈번하게 찾아와서 실제 내 생일은 잊어버렸을 정도였다.

"축하해!"

생일만이 아니다. '그들'은 사소한 일에도 나를 축복해주었다.

"오늘은 우유 잘 마셨지, 축하해!"

"그 애가 심술 부렸는데도 울지 않았어, 축하해!"

"물구나무서기 반이나 성공했네, 축하해!"

그들이 머릿속에 있는 한, 나는 행복한 소녀였다. 집에서도 교실에서도 축복받았다. 그래서 무슨 일이 있어도 차분하게 주위를 둘러볼 수 있었다.

"축하해!"

나는 엄마에게나 친구에게나 어떤 축하도 받은 적이 없었다.

그건 그렇고, 일곱 살짜리 소녀에게 〈지옥의 묵시록〉은 오로지 '무섭다'는 인상뿐이었다. 그래도 대형 화면으로 보는 사람이나 소, 풍경과 전투 장면, 큰 음량으로 듣는 비명이나 노래, 기관총 소리는 나를 이루 말할 수 없이 흥분시켰다. 영화관이 캄캄한 것도 왠지 나쁜 짓을 하는 것 같아 설렜고, 다른 무엇보다 아빠와 똑같은 이유, '몇 시간 동안 누군가와 얘기하지 않아도 된다, 그것도 당당하게'라는 상황은 내 마음을 편하게 해주었다(그것이 어떤 영화든).

열네 살이 되자 내 발로 영화관을 찾게 되었다. 얼마 안 되는 용돈을 모조리 영화에 썼다. 〈스탠 바이 미〉를 보고 당연히 리버 피닉스에게 푹 빠졌고(나중에는 호아킨 피닉스에게 푹 빠졌다), 〈블루 벨벳〉의 관능적인 공포에 떨었고, 〈똑바로 살아라〉의 생명력에 목이 메었고, 〈나쁜 피〉의 밀도에는 이유도 없이 눈물을 흘렸다.

영화관에서는 말하지 않아도 된다. 혼자 스크린에 집중하면 그만이다.

말은 이렇게 하지만, 실제로 나는 머릿속에서 여러 가지 얘기를 나눴다. 등장인물과 때로는 감독과.

"안 돼, 가면 안 돼! 당신은 여기 있어야 해!"

"아아, 그렇지만 난 가야 해. 그게 세계의 룰이야."

"화장이 좀 짙지 않나?"

"어머 뭐래, 그러면 당신은 밤에 나를 보면 완전 깜짝 놀라겠네!"

"여기, 원 테이크로 찍었네요."

"주인공의 심리를 따라가고 싶었으니까."

그동안 '내 친구'는 숨을 죽이고 있었다. 라라도 누누도 페페도 다다도 나와 함께 스크린에 집중하며 고요히 침묵했다. 그리고 물론 그 침묵은 다정했고, 나를 고독하게 만들지 않았다. 그런 순간은 영화를 보는 시간 외에는 없었다.

열일곱 살 때 나카하라 슌 감독의 〈벚꽃 동산〉을 봤다. 체호프의 '벚꽃 동산'을 연기하는 소녀들을 그린 그 영화에서 나는 처음으로 '연기하는 사람'이 있다는 사실에 충격을 받았다.

그것은 매우 이상한 감각이었다. 그도 그럴 것이 지금껏 봐온 영화 속에서는 누구나 다 연기했을 테니까. 그런데도 나는 이 세상에 '연기하는 사람이 있다'는 사실에 스스로도 깜짝 놀랄 정도로 감동하고 말았다. 게다가 대형 스크린이 아니라, 무대라는 한정된 공간에서 '연기하길' 원하는 사람들에게.

그래서 난생처음 무대에서 펼쳐지는 연극을 보러 갔다.

뭐가 뭔지 잘 몰라서 일단은 연극 잡지를 샀고, 흥미가 끌리는 무대의 티켓을 알아봤다. 영화보다 꽤 많이 비싸서 깜짝 놀랐다. 솔직히 열입곱 살인 나에게는 타격이 큰 지출이었지만, 어떤 필연 같은 걸 느끼고 구입했다. 다시 말하면 나는 무대를 보기 전부터 이미 거기에 푹 빠졌던 셈이다.

때마침 그 무렵은 도쿄 시내에 수많은 극장이 오픈한 시대였다. 젊은 관객에게 인기 있는 소극장 연극 출신 배우들이 많이 등용되었다. 나중에 내가 산 티켓은 연극 중에서도 단연코 쌌고, 애당초 연극 티켓 자체가 그들이 하는 일에 상응하지 않을 정도로 싸다는 걸 알게 되었다.

단순히 표현하자면 나는 충격을 받았다. 무대에서 펼쳐지는 살아 있는 인간의 살아 있는 말과 육체를 고스란히 이쪽으로 부딪쳐오는 감각에 꼼짝할 수 없었다. 배우의 팔에 돋은 소름을 봤을 때나 입술에서 물보라처럼 튀는 침을 봤을 때는 '살아 있다'는 실감에 눈물을 흘렸을 정도다(스크린 속의 배우도 분명 살아 있었건만!).

무대를 보는 동안 우리는 자유롭다. 지금 대사를 하는

배우에게 초점이 맞춰진다. 그 배우만 포커스를 받는다는 의미가 아니라, 그들이 얘기하는 동안 우리는 그들 이외의 인간을 볼 수 있다(세트에 그려진 그림에 집중할 수도 있고). 그사이에도 무대는 성실하게 진행돼서 사람들은 서로 엇갈리고, 때로는 이례적인 해후를 보여주기도 한다. 그런 모든 것을 우리는 목격할 수 있고, 하지 않을 수도 있다. 누군가에게 강제된 시선은 없고, 우리는 단지 그들과 같은 공간에 있다. 풋내 나는 유치한 감정이라는 건 알지만, '같이 살아간다'는 그 감각이 나를 따뜻하게 해주었다.

나는 자그마한 장어집에서 아르바이트를 시작했다. 고등학생이 받는 시급은 참새 눈물 정도였지만, 그렇게 모은 돈을 모조리 연극 감상에 썼다. 패션에도 아이돌에도 흥미가 없었다. 나는 별난 학생이었다. 어린 시절처럼 줄곧 혼자는 아니었지만, 동급생과 있어도 대화가 통하지 않아서 최소한 상대 기분이 상하지 않게 맞장구를 쳐주며 미소만 머금고 있었다. 동급생들은 그런 나를 '보살'이라고 불렀다. 그것이 호의적인 별명이 아니라는 건 알고 있었다.

어스름한 극장에 들어가면, 나는 보살 같은 미소를 의식하지 않아도 된다. 열심히 맞장구를 치지 않아도 되고, 누군가의 기분이 상하지 않게 애쓸 필요도 없다. 처음에는 교복 차림으로 가기가 머뭇거려졌지만, 애당초 나를 신경 쓰는 어른은 거의 없었고, 오히려 호의적인 시선을 느낄 때가 많았다.

그렇게 몇 번씩 보러 다니자, 어느 순간 연극은 내가 줄곧 머릿속으로 해왔던 것과 비슷하다는 걸 깨달았다. 인간이나 개나 말, 때로는 유령이 무대라는 한정된 공간 안에서 움직이고, 얘기하고, 살아간다. 그것은 내가 어린 시절부터 줄곧 머릿속에서 해왔던 게 아닌가.

"유키 짱, 축하해!"

"멋진 무대 봤지? 축하해!"

"축하해!"

멋진 공연을 본 후에는 그 무대를 만든 인간의 머릿속을 들여다보고 싶은 갈망이 불타올랐다. 아르바이트로 번 돈은 티켓과 마찬가지로 연극 잡지를 구입하는 데도 쓰였고, 연출가의 인터뷰를 탐하듯 읽어나갔다. 뇌 속의 구조,

그 한 자락을 조금이나마 접해보고 싶었다.

당신은 어떤 생각을 하죠?

당신 머릿속에는 어떤 세계가 전개되나요?

연출가는 묻는 말에는 일단 대답을 하지만, 어딘지 모르게 인터뷰어를 따돌리며 어리둥절하게 만드는 내용이 많았다. 삐딱한 게 아니라, 그들 스스로도 머릿속의 감각을 제대로 파악하지 못하기 때문이라는 건 훨씬 나중에야 알았다.

대학에 들어가 망설임 없이 연극부에 들어갔다. 애당초 대학 자체를 연극으로 유명한 학교로 선택했다. 모자 가정이라 대학 학비를 감당하긴 어려운 형편이었지만, 장학금과 아르바이트로 어떻게든 꼭 헤쳐 나가겠다고 호소했다. 자기 사랑에 급급해서 자식을 줄곧 내팽개쳐둔 죄의식 때문인지, 아니면 소극적인 성격이라 늘 조심스럽기만 했던 딸이 '자기가 하고 싶은 것'을 위해 그토록 강력하게 나오는 데 놀랐는지, 마지막에는 엄마도 꺾였다.

나에게는 '연기'라는 선택지가 없었다. 그저 내 머릿속을 재현해내는 일을 하고 싶었다. 연출 역시 가능할 것 같지 않았지만, 어쩌면 각본은 쓸 수 있을지 모른다는 희망으로 들어갔다. 그렇지만 결과적으로는 압도적인 재능을 가진 인물들을 눈앞에 접하고, 도저히는 아니지만 내가 쓴 각본 따위는 발표할 수조차 없었다. 물론 충격적이었지만, 나이 차이도 별로 나지 않는 인간에게 그토록 대단한 재능이 있다는 것, 그리고 그것을 그토록 가까이에서 눈으로 직접 볼 수 있다는 게 자랑스러웠다.

"있잖니, 라라. 정말 다들 대단해!"

나는 때로는 무대 장치를 맡고, 때로는 소품을 담당하고, 진행을 맡거나 홍보를 했다. 요컨대 뒤에서 돕는 일이라면 뭐든 다 했다. 내 머릿속의 풍경을 재현할 수는 없어도 누군가의 풍경을 공유하고, 그것이 확산되어가는 시간이 행복했다. 간단히 말하자면 하나가 될 수 있었다. 난생처음 살아 있는 친구가 생겼고, 난생처음 토할 때까지 마셨다. 그러다 보니 어느새 '그들'은 사라져버렸다. 라라도 누누도 페페도 다다도.

대학 졸업을 계기로 동료와 극단을 만들었다.

그 무렵에 나는 같은 집에 살았지만 엄마에게 거의 의절당한 상태나 다름없었다. 엄마는 힘들게 대학에 보내놨더니 아무짝에도 쓸모없는 연극에 푹 빠져버린 딸에게 짜증을 내기 시작했고, 그 무렵에는 새 애인과 재혼을 고려하고 있었다.

분위기를 파악하고 집에서 나왔다. 극단 동료 세 명과 임대료를 나눠 내며 함께 살았다. 물론 요즘 말하는 세련된 셰어하우스 같은 생활이 아니라, 조그만 방 두 개에 목욕탕도 없는 아파트에서 말 그대로 공생하며 살아가는 상태였다. 그래도 즐거웠다. 우리는 빵집에서 식빵 테두리를, 채소가게에서 팔다 남은 찌꺼기를 얻어다 궁리해서 요리를 만들었고, 공중목욕탕에 갈 수 없을 때는 싱크대를 이용해 교대로 몸을 씻었다. 비참하게 느껴지지는 않았다. 극단이 돈벌이가 안 된다는 것은 알고 있었고(게다가 이제 갓 만든 신생 극단이다), '살아 있는 친구'와 맛보는 자유는 그 무엇과도 견줄 수 없었다.

우리 극단의 대표는 나시키 요헤이라는 남자였다.

기후 출신으로 어릴 때 아동 극단에 들어갔고, 고등학교 시절에는 연극 콩쿠르에서 상을 몇 개나 받았다. 요컨대 배우로서도 뛰어나다는 뜻인데, 연출가로서의 재능도 훌륭했다.

그의 특기를 들자면, 이른바 청춘 군상극이었다. 풋내나는 대사를 뻔뻔하게 사용했다. 그렇지만 거기에는 확실한 체온이 있었다. 나시키가 진심으로 믿고 그런 말을 쓴다는 걸 알기 때문에 결코 머쓱하지 않았다. 그리고 이것은 그의 최대 미덕이라고 생각하는데, 그의 연출은 언제나 청결했다. 성적인 장면도 외설스러운 장면도, 이상적으로 잘 정리된 부엌이나 작업장을 보는 듯한 기분이 들었다. 물론 그것이 그의 결점이라고 말하는 사람도 있었다(연극계에는 자칭 '평론가'가 우글우글 넘쳐난다).

"제아무리 폭력적인 묘사가 있어도 터무니없는 전개를 보여줘도, 우수한 아이, 착한 아이가 만들었다는 인상을 도무지 떨쳐낼 수 없다."

그것이 그들의 의견이었다.

나시키는 물론 그런 의견을 충분히 알고 무대를 만들

어갔다. 오히려 '청결함'은 그 스스로가 추구했던 바라고 생각한다. 이따금 부자연스러울 정도로 아름다운 일본어가 들어간 대사나 배우의 위치로 보여주는 대칭적 공간에서 그것이 느껴졌고, 다른 무엇보다 나시키 자신이 누구보다 청결했다. 어쨌든 나시키의 이름은 서서히 연극계에 알려졌고, 소극장 공연에 낯익은 평론가나 연출가가 얼굴을 내밀게 되었다.

그 무렵부터 나는 극단의 홍보 비슷한 일을 담당하게 되었다. 내 성격을 고려하면 믿을 수 없는 일이었다. 그런데 극단과 관련된 일이면 첫 대면하는 사람이라도 주눅들지 않고 홍보할 수 있었고, 나시키의 표현에 따르면 "누구보다 이 극단을 사랑하는" 사람이 나였다.

나는 물론 나시키의 그 말을 찬사로 받아들였다. 실질적으로 무대에 관여할 수 없다는 생각이 없지는 않았지만, 어떤 형태로든 나시키에게 인정받는 게 더할 나위 없는 기쁨이었다(그는 나보다 두 살 아래였지만). 나는 그의 재능을 믿고, 그의 정열을 믿고, 그 극단을 키워나가기로 결심했다.

그것이 20년 전이었다.

나는 올해 마흔네 살이 되었다. 나시키의 극단은 해체를 거듭하며 지금은 일곱 명의 전속 멤버로 안정되었다. 초창기 멤버는 나와 또 한 사람, 요시오카라는 남자뿐이다. 뚱뚱하고 얼굴이 붉은 요시오카는 20대 때부터 중년 역할이 어울렸다. 극단이 서서히 유명해지면서 드라마나 영화, 때로는 광고 등에서도 역경에서 헤어나지 못하는 출세 못한 중년 역할을 맡았고, 나중에는 '오히려 나이를 먹지 않는 배우'로 인기를 얻었다.

극단은 성공하고 있다고 봐도 좋았다. 아니, 대성공이라고 해도 좋지 않을까. 나시키는 20대, 30대에 중요한 희극상을 모두 수상했고, 연극을 조금 접해본 인간이라면 모르는 사람이 없을 정도였다. 유명한 배우를 기용한 큰 무대도 연출하게 됐고, 영화도 두 편이나 찍었다. 대대적인 흥행은 못 해서 소위 말하는 안방극장 인지도는 기대할 수 없었지만, 관계자에게는 평가를 받았고, 무엇보다 일이 끊일 날이 없었다.

지금까지 '축하한다'는 말을 몇 번이나 들었을까. 나시키가 희곡상을 받았을 때. 무대가 성공했을 때. 나시키에게 영화 제안이 들어왔을 때.

"대단하다, 축하해!"

"축하해요!"

홍보로 할 수 있는 일은 뭐든 다 했다, 그런 자부심은 있다. 내가 가진 시간은 모조리 일에 쏟아부었다. 개인적인 시간 따윈 없었다. 술자리는 모두 연극 관계 모임이었고, 휴대폰에 등록해둔 연락처도 마찬가지였다(서른 살이 지난 무렵부터 엄마와도 연락하지 않게 되었다). 집에 가서도 공부하기 위해 다른 극단의 DVD를 봤고, 휴일에는 실제로 극장으로 발길을 돌렸다.

애인은 딱 한 번 생겼다. 아니, 생길 뻔했다는 표현이 더 적절한 관계다. 결과적으로는 바로 연락이 끊겼다. 나는 지금도 싱글이고, 버진이기도 하다. (그동안 나시키는 세 번 결혼했고, 각각 아내와의 사이에 총 다섯 명의 자녀를 두었다.)

극단이 크고 유명해지는 것은 물론 기뻤다. 내 노력이 보답받는 기분이었고, 다른 무엇보다 내가 믿었던 나시키의 재능이 세상에서 인정받는 게 행복했다.

"축하해!"

그런데 어느덧 그 말은 내 몸을 그냥 스쳐 지나가게 되었다.

내가 만나는 사람은 하나같이 내가 아니라 나시키를 바라봤다. 그거야 익히 알고 있었고, 그게 옳다는 것도 충분히 이해했다. 그런데도 허무함은 점점 부풀어갔다. 내가 단지 필터 같다고 느껴질 때가 있었다. 게다가 공기를 깨끗이 해주는 필터가 아니라 먼지가 잔뜩 낀 그것이다.

어느 날, 주위 사람들이 나를 '문지기'라고 부른다는 걸 알았다.

그 말은 내가 하는 일이 극단을 위한 게 아니라 극단의 발목을 잡는 거라는 의미였다. 그것을 안 동시에 내가 나시키에게 극단 대표 이상의 감정을 품은 것 같다는 소문이 돈다는 말도 들었다.

나시키는 이따금 생각이 떠올랐다는 듯이, 지금의 성공은 홍보 담당인 내 덕분이라고 말해주었다.

"유키의 정열이 우리를 여기까지 이끌었어."

술자리에서 당당히 그런 말을 해버리는 면이 나시키의 장점이었다. 극단에 새로 들어온 멤버는 모두 나시키를 존경했고, 그러니 자동적으로 내게도 감사할 수밖에 없었지만, 내 마음은 고요했다.

언제부터인가 나시키도 나에게 신경을 쓰게 되었다. 그러니 예의 그 말도 진심으로 그렇게 생각하는 게 아니라, 내 기분을 해치지 않으려는 배려였을 것이다. 나시키가 나를 통하지 않고 일하게 된 건 알고 있었고, 요시오카도 그래서 인기를 끌게 된 존재였다.

내가 있을 곳은 여기다. 그건 알고 있었고, 그곳뿐이었다. 그곳을 떠나면, 나는 어떻게 해야 할지 모른다. 그렇지만 나는 내가 있을 자리를 확보받고 있다는 생각이 들기 시작했다. 모두 내 낯빛을 살피며 "이쪽으로 오시죠"라고 말해주는 기분이었다.

좀 쉬면 어떻겠느냐고 말해준 사람은 나시키였다.

"유키는 일중독이야. 마침 무대도 비었으니 큰맘 먹고 해외라도 다녀오면 어떨까?"

몸이 싸늘해졌다. 처음에는 사실상의 해고가 아닐까 의

심했다.

"느긋하게 쉬면서 재충전하고 돌아와."

내 마음을 꿰뚫어본 듯이 나시키가 그렇게 뒷말을 덧붙였다. 원래 이런 남자다. 나의 불안이나 걱정을 예리하게 앞질러간다. 그래서 나는 아무 말도 못 하게 된다, 항상.

핀란드로 결정한 이유는 일본에서 가장 가까운 유럽이라는 이유 때문이었다. 7월이 베스트 시즌이라는 점도 있었고, 나시키의 말도 영향이 컸다.

"유키, 카우리스마키 좋아하잖아?"

분명 나는 무민*이나 마리메코**처럼 일본에 널리 알려진 이른바 '따뜻한 핀란드'보다는 카우리스마키 형제의 영화에 묘사된 왠지 좀 어둑하고 안타깝고 쓸쓸한 핀란드가 좋았다. 그들이 경영하는 바가 있다는 말을 듣고, 언젠가 한번 가보고 싶다고 했던 내 말을 나시키가 기억해둔

---

* 핀란드 작가 토베 얀손 작품의 캐릭터.

** 핀란드를 대표하는 라이프스타일 브랜드.

것이 분명했다.

여름의 헬싱키는 멋졌다. 모든 경치는 새 물감으로 그런 것처럼 선명했다. 사람들은 편안하고 여유로웠고, 수줍게 인사를 건넸다. 나는 트램을 갈아타며 시내를 이리저리 돌아다녔다. 〈지상의 밤〉에서 택시가 헤매고 다녔던 광장에 갔을 때는 내 성격에 어울리지 않게 '셀카'라는 걸 찍어보았다. 한껏 들떴다.

그런데도 밤이 되면 '혼자 휴가를 왔다'는 상황에 새삼스레 당혹스러웠다. 지금쯤 나시키는 뭘 하고 있을까. 그런 생각이 들면 마음이 술렁거렸다. 공연이 잠시 없을 때, 극단 단원들은 다른 무대에 객연으로 출연할 때도 있고 (나는 그 모든 연극들을 최대한 보러 다녔다), 지금의 나처럼 해외에 나갈 때도 있었다.

그러나 나시키는 쉬기로 결정하면 철저하게 쉬는 남자였다. 대부분은 아내랑 아이와 함께 나가노에 있는 산장에 갔다. 그동안은 전화를 해도 받지 않았고, 문자를 보내도 답변이 없었다. 전파는 닿지만, 나시키가 의도적으로 그러는 것이다. 그래서 나는 급한 일을 끼워 넣을 수 없었고, 나시키도 그것을 허락하지 않았다. 다음 창작을 앞둔 중요한 시간이라는 건 알지만, 이따금 나시키에게 몹시 화가 나기도 했다.

아담한 비스트로에서 연어 수프와 빵을 먹었다. 나시키는 지금도 산장에 있을 것이다. 아내와 새 아이와 산책이라도 하고 있을까. 요리 사진이라도 보내보면 어떨까. 한순간 그런 생각이 들었지만, 물론 보내지는 않았다. 빵을 베어 물고, 수프로 조용히 넘겼다.

가게에서 나왔을 때, 바에 가보자는 생각이 들었다. 카우리스마키가 하는 그 바다. 고작 두 잔밖에 마시지 않은 화이트와인에 나는 이미 취해 있었다. 술은 센 편인데, 하루 종일 돌아다녀서 알코올이 쉽게 퍼지는 상태였을지도 모른다.

그 바에 가면, 사진을 보내는 것도 어색하지 않을지 모른다. 나시키에게 답장은 없더라도 나시키가 얘기했던 그 장소에 내가 있다는 사실을 알리고 싶었다.

지도를 보며 걸어가니 바로 찾을 수 있었다. 밖에까지 사람들이 넘쳐나서 멀리서도 금방 보였다. 바 이름은 '코로나', 가게 안에는 당구대가 있고, 담배 연기가 만연하고, 사람들 얘기 소리가 울려퍼져서 그야말로 '오래된 좋은 가게' 분위기였다. 게다가 1980~1990년대의 난잡함과 음탕함이 어우러져 있었다. (옆에는 '카페 모스크바'라는 가게가 있었다. 소비에트를 본뜬 그 바는 〈과거가 없는 남자〉를 촬영한 장소인 듯했다. 'CLOSE' 푯말은 아쉬웠지만, 그때 나는 단연코 코로나의 난잡함과 음탕함에 더 끌렸다.)

카운터에서 맥주를 주문하고, 가까스로 빈자리를 찾아 앉았다. 다들 자유롭게 자리를 이동해서 어떤 시스템인지 알 수 없었지만, 맥주는 정신이 번쩍 들 만큼 차갑고, 확실하게 씁쓸해서 맛이 매우 좋았다. 해외 공연에 갔을 때 뒤풀이라고 이름 붙여 다 함께 이런 가게에 와본 적이 있지만, 그러고 보니 혼자 들어온 것은 처음이었다. 나는 나의 20년을 떠올렸다. 혼자 마시는 맥주는 가게의 초록색 조명을 반사시켜 신비로운 빛깔을 머금었다.

가게 안을 한 차례 둘러보았다. 화장실 위치를 확인해두고 싶었다. 카운터 뒤에 지하로 내려가는 계단이 보였고, 화장실은 아무래도 그쪽에 있을 것 같았다. 들여다보니 계단 끝에 'Dubrovnik'라는 네온사인이 보였다.

"아아."

나도 모르게 소리가 흘러나왔다. 〈어둠은 걷히고〉의 주인공이 일했던 레스토랑이다. 바로 알았다.

얼른 인터넷으로 검색해보니 '두브로브니크'는 이벤트 때만 오픈해서 영화 상영이나 연극을 공연한다고 나왔다. 네온사인이 켜 있다는 건 열려 있다는 뜻일 것이다. 연극을 하고 있나?

당장 몸이 들썩거렸다. 모처럼 핀란드까지 왔으니 연극과는 거리를 두고 싶었다. 그런데도 보고 싶었다. 극단에 도움이 되는 걸 배울 수 있을지도 모르기 때문이었다. '연극'의 냄새가 풍기면, 나는 바로 제정신을 잃는다.

최소한 이 맥주를 다 마실 때까지는 버티기로 결심한 후 가게 안을 사진에 담았다. 10대로 보이는 젊은이, 새하얀 턱수염을 기른 노인, 나이 차가 나는 레즈비언 커플 같은 두 사람, 다양한 인물들이 저마다 술을 들고, 저마다 느긋하게 시간을 보냈다. 시야에 잡히는 한, 아시아 계통 손님은 나 혼자뿐인 것 같았다. 그래도 내게 주의를 기울이는 사람은 아무도 없었고, 모두 자기들의 시간에 집중하고 있었다.

그것은 젊은 시절의 시모기타자와를 떠올리게 하는 풍경이었다. 어딘지 모르게 '목숨 걸고 마시는' 기개가 느껴졌다. 전혀 멋지지 않았고, '따뜻한 핀란드'는 그림자도 찾아볼 수 없었지만, 그 수상쩍은 모호함이 정겨웠다.

카우리스마키의 바에 있어요.

그렇게 문자를 입력하고, 사진을 첨부했다. 그러나 '보내기' 버튼은 누르지 않았다.

문지기라고 불리고 있다.

나시키에게 극단 대표 이상의 감정을 품고 있다는 말을 듣고 있다.

일본에 있을 때보다 강하게 생각나는 이유는 뭘까. 일본은 지금 저녁이다. 나시키는 아내와 함께 저녁식사를 준비하고 있을지도 모른다. 고양이처럼 큰 눈을 가진 그 사람은 예전에 극단 오디션을 보러 온 젊은 여배우였다.

"축하해."

결혼식(나시키는 세 번째인데도 성실하게 결혼식을 올렸다)에서 몇 번이나 들었을 그 말을 나시키는 망설임 없이 진솔한 마음으로 순순히 받아들였을 것이다. 아무런 의심 없이 자기에게, 자기들의 인생에 건네준 그 축복의 말을 나시키는 틀림없이 자기 몸속에 아름답게 간직하고 있을 것이다.

"축하해."

나에게 건네주는 말과 그것은 전혀 다르다.

눈을 감았다. 고요했다. 가게 안은 이토록 떠들썩한데, 내 머릿속은 고요했다. 이 고요함은 언제부터 자리 잡게 되었을까. 나시키가 처음 결혼했을 때였을까, 내가 모르는 새에 나시키에게 영화감독 제안이 들어왔을 때, 그리고 나시키가 그 제안을 승낙했을 때였을까.

"헤이 헤이."

귓가에서 소리가 들렸다. 눈을 번쩍 뜨자, 옆에 초로의 남자가 서 있었다. '헤이 헤이'는 핀란드어로 인사말이다. 좀 더 친밀해지면 '모이 모이'라고 한다. 그토록 부드러운 인사말을 여행 중에 몇 번이나 들었는데 그때마다 배시시 빵이 풀어지곤 했다.

"헤이 헤이."

인사를 건네자, 그가 티켓 뭉치를 보여주었다. 경계하는 기미를 보이는 나에게 그가 붙임성 있는 미소를 지으며 손짓발짓으로 설명하기 시작했다. 필사적으로 이해하려 노력해보니, 아무래도 자기가 촬영한 영화 상영회를 두브로브니크에서 하는 듯했다. 티켓은 핀란드어로 쓰여 있었고, 문자만 인쇄되어 있어서 무슨 내용인지 전혀 알 수 없었지만, 영화라는 말에 내 가슴이 갑자기 뛰기 시작했다.

"Movie?"

"Yes."

남자의 머리는 허리까지 길게 내려왔다. 그러나 히피나 라스타* 분위기는 아니었고, 그냥 살다 보니 저절로 긴 느낌이었다. 다시 말해 매우 자연스러웠다.

---

* 라스타파리아니즘. 성서를 새롭게 해석한 신앙으로 유럽 흑인들의 아프리카 복귀 사상으로 확대되었다.

금액을 물어보니 학생이 제작한 독립 영화에 지불할 정도의 액수였다. 놀라는 나를 보며 남자가 거듭 말했다.

"This is my first movie."

반짝반짝 빛나는 눈동자는 무척 기뻐 보였다. 티켓은 아직 많이 남아 있었고, 관광객인 나에게라도 팔지 못하면 손님이 오지 않을 것 같은 이 영화를 상영할 수 있다는 사실만으로도 이 초로의 남자는 뺨을 붉게 물들이며 기뻐했다. 그러나 이곳에서 그 남자를 비웃는 사람은 아무도 없는 것 같았다. 저마다 성실하고 진지하게 저물어가는 여름을 아쉬워했다.

"Congratulation."

자연스럽게 말이 나왔다.

축하해요.

당신의 첫 영화를 이곳에서 상영하게 된 것을. 그리고 낯선 내가 그 티켓을 살 수 있는 것을. 무슨 내용인지 알 수 없는, 분명 한마디도 알아듣지 못할 그 '독립 영화' 티켓을 나는 샀다.

내가 돈을 지불하자, 남자는 '파안'이라는 표현이 딱 들어맞는 표정을 지었다. (지폐를 건넨 그의 손바닥에 새겨진 스마일 마크와 똑같은 얼굴이었다.)

"오메데토."

참을 수 없어서 일본어로 그렇게 말했다.

"오메……?"

그가 되물었다. 축하한다는 의미의 일본어라고 말해주자, 다시 한 번 듣고 싶다며 어린애처럼 졸랐다.

"오메데토."

천천히 말해주자 그가 따라했다.

"오메, 데, 토."

웃음이 날 만큼 더듬거리는 말을 나에게 건넸다.

그렇다, 그가 그 말을 해준 것이다, 나에게.

"오메데토."

축하한다는 말의 아름다움을 나는 잊고 살았다. 그 말의 진정한 아름다움을.

누군가가 누군가를 축복할 때, 거기에 어떤 함의가 있든 '축하한다'는 네 글자가 발하는 그 아름다움은 독립적으로 거기에 존재한다. 그 무엇에도 더럽혀지지 않은, 그 말이 가진 아름다움은 절대로 지워지지 않고 오염되지 않을 게 틀림없다.

"축하해요."

물론 그 말은 들렸다. 내 머릿속에서였다. 누누일까? 라라일까? 페페? 다다? 그들이 돌아왔다. 아니, 돌아온 게 아니라, 줄곧 거기에 있었다. 누구에게도 침범당하지 않는 나만의 장소에 그들은 줄곧 존재했던 것이다.

"유키 짱, 축하해."

이 풍경은 내 것이다. 불현듯 그런 생각이 들었다.

누구와도 공유할 수 없다 해도, 아니 그렇기에 더더욱 이 풍경은 내 것이다. 나를 위해서만 존재하는 것이다.

"축하해요."

남자가 사라진 후에도 나는 그 말을 되풀이했다.

어느새 가게 조명이 바뀌고, 맥주잔은 붉은색으로 빛나고 있었다. 카운터에 잔을 건네고, 나는 영화를 보기 위해 자리에서 일어섰다.

주문

우리 할머니는 신심이 깊은 사람이었다.

할머니라고 했지만, 사실은 나의 증조할머니다.

온갖 미신에 푹 빠져 살았고, 따를 수 있는 미신은 모조리 따랐다. 증조할머니의 어머니나 할머니에게 이어받거나 스스로 만들어낸 근거 없는 미신이 거의 대부분인데, 매달 초에는 씨 있는 과일을 먹고 그것을 뜰에 심는다거나 화장실에서 나올 때는 반드시 오른발부터 밖으로 내딛는다거나 계단이 짝수면 홀수로 만들기 위해 제자리 걸음을 한번 딛는 등등 헤아리자면 끝이 없다.

그중에서도 할머니가 특히 공을 들인 것은 주문인데, 외출할 때 까마귀가 머리 위를 날아갈 때, 잇따라 신호에 걸렸을 때, 아무튼 늘 끊임없이 뭐라고 중얼중얼 읊조렸다.

"방향을 허락하소서."

이런 의미를 알 수 없는 말이 있는가 하면(이것은 식탁의 북쪽에 젓가락을 놓을 때),

"온바삼바 에티잇신야 덴소와카."

이런 식의 의미를 전혀 알 수 없는 주문도 있었고(이것은 문단속할 때), 할머니랑 계속 같이 살았던 나는 그런 것들을 고스란히 배우고 말았다.

나에게는 부모가 없다. 아니, 있기는 한데 무슨 사정으로 멀리 살아서 엄마 쪽의 증조할아버지와 할머니가 키워주셨다. 그렇긴 해도 할아버지는 내가 네 살 때 돌아가셨으니 나는 사실상 할머니 혼자 키운 거나 다름없었다.

진짜 할아버지와 할머니(요컨대 엄마의 아버지와 어머니)는 잘 모른다. 할머니가 얘기해준 적도 없고, 사진을 보여준 적도 없다. 이웃 아주머니들의 말에 따르면 할아버지는 학생운동이라는 것에 열정을 쏟았고, 젊은 나이에 우리 엄마를 낳았고, 결과적으로 그 엄마를 할머니와 친구에게 맡기고 '혁명'에만 푹 빠져 살았다고 한다(활동을 위해 교도소에 들어갔다는 말도 최근에 들었다).

아빠는 한 번도 만난 적이 없지만, 아프리카 계통 사람이었다고 한다. 나는 아무래도 엄마보다는 아빠 쪽을 닮았는지, 도톰한 입술이나 놀라울 정도로 말려 올라간 속눈썹, 킨키헤어라고 불리는 굵고 오그라든 머리칼, 호두 같은 피부는 나를 절대 일본인으로 보이게 하지 않았다. 그래서 내가 유창한(그렇다기보다 그 언어밖에 못하지만) 일본어로 얘기하면, 처음 만나는 사람은 누구나 흠칫 놀랐고, 중학교 교복을 입고 다니면 코스프레를 한다고 여겼다.

멀리 산다고는 했지만, 엄마는 가끔 훌쩍 찾아오곤 했다. 머리는 브레이즈 스타일로 따고, 손톱은 길게 길러 펄이 들어간 보라색이나 형광 핑크색으로 칠하고 다녔다. 때로는 입술도 똑같은 보라색으로 칠했는데, 엄마는 나와 다르게 피부가 하얘서 입술만 다른 생명체처럼 보였다.

엄마는 내 피부나 머리칼을 진심으로 부러워했다. 내 입술은 분명 보라색에도 형광 핑크색에도 뒤지지 않았고, 머리카락은 아무리 땋아도 풍성했다.

"주에루, 정말 예쁘다!"

내 이름이다. 한자로는 '樹繪瑠'라고 쓴다.

엄마가 붙여준 모양인데, 할머니는 그 이름을 지독히 싫어해서 자기가 독자적으로 지은 이름으로 불렀다. '요시에(喜惠)'다. 기쁨이 가득하다는 이름으로 성(姓)과의 한자 획수 조합도 최상인 모양이다. 물론 내가 태어났을 때 열심히 추천했지만, 엄마가 단칼에 거절했다고 한다. 엄마 감각에서는 그럴 만도 하고, 나도 사실은 밖에서는 제발 그렇게 안 불렀으면 하고 바랐다. (할머니한테는 미안해서 말 못 했지만.) 그도 그럴 것이 할머니가 "요시에!"라고 부르면, 모두 나를 쳐다봤기 때문이다.

'어? 저 애가 요시에야?'

그런 눈빛으로.

엄마가 집에 오면, 할머니는 노골적으로 싫은 내색을 했다. 딱히 돈이 궁해서 오는 건 아닌데, 엄마의 그 마녀 같은 화장이나 등이 훤히 파인 원피스 같은 게 할머니의 심기를 건드리는 듯했다.

"보라색 입술하며, 귀신같이, 원."

"참 나, 어깨뼈는 차갑게 하면 제일 나쁜 곳인데."

엄마와 할머니는 성향이 완전히 반대였다. 할머니 말대로 보라색 립스틱이 이에 묻은 엄마를 보면 흠칫 놀랐고, 어깨에 커다랗게 새긴 뱀 문신은 엄마의 체온을 낮게 보이게 했다.

"어쩌다 저 모양이 됐나 모르겄다."

엄마가 쓰던 방은 벽 한 면에 스프레이로 쓴 낙서가 있었는데(낙서가 아니라 '그라피티야'라고 엄마는 말했다), 할머니가 벽지를 덧발랐다. 엄마가 쓰기 전에는 엄마의 엄마 방이었는데, 학생운동에 사용하는 헬멧이나 전단지 같은 게 산더미처럼 쌓여서 발 디딜 자리조차 없었다고 한다. 게다가 밤이면 밤마다 같이 활동하는 동료(그중에 할아버지도 있었다고 한다)들이 모여들어서 끔찍하게 싫었다고 할머니는 말했었다.

"저주받은 방이야."

그 저주받은 방은 지금 내가 쓰고 있다. 벽 네 귀퉁이에 할머니가 받아온 부적이 더덕더덕 붙어 있어서 그야말로 결계(結界) 분위기라 제아무리 멋진 포스터나 사진을 붙여도 부적의 위세는 당해낼 수 없어서 포기했다.

"넌 얼굴이 그렇게 생겼으니, 어떤 것에도 물들면 안 돼. 평범한 게 제일이여, 평범하게 살어. 눈에 안 띄면, 잡귀도 안 붙으니께."

할머니의 미신이나 온갖 주문들은 어쨌든 나에게 '잡귀'가 붙지 못하게 하기 위함이었다. 그렇게 하면 무슨 좋은 일이 생긴다기보다는 나쁜 일이 생기지 않게 하기 위해서라고. 그래서 내가 미신이나 주문을 게을리 하면 할머니는 몹시 화를 냈다.

"그러다 잡귀 붙어!"

할머니가 말하는 '잡귀'가 무엇인지 알 수 없었지만, 할머니가 '잡귀'라고 하면, 그것은 상당한 '잡귀'일 거라 인정하게 만들 정도로 박력이 넘쳤다.

그래서 나는 할머니가 시키는 대로 성실하게 따랐고, 어릴 때부터 숱하게 반복적으로 듣다 보니 저절로 몸에

배어버려서 나 역시도 온갖 미신을 믿었고, 온갖 주문을 외지 않으면 마음이 편치 않았다.

집에는 엄마 외에도 다양한 사람들이 찾아왔다.

대부분은 모두 신심이 깊어서 주문 미신 종류를 믿는 사람들이었다. 요컨대 나이 든 노인이 많았는데, 그중에는 나처럼 할머니 손에 이끌려온 여자아이나 우리 엄마 또래인 여자도 있었다.

모두 할머니처럼 '잡귀'가 붙지 않게 조심하는 사람들이라 할머니에게 주문을 배우거나(아무리 물어도 할머니의 주문 창고는 바닥이 나지 않았다) 반대로 자기가 믿는 미신 얘기를 풀어놓거나, 가끔은 생활과 관련된 불만을 쏟아놓기도 했다. 예를 들면 먹다 남은 음식물을 하수구에 버리는 이웃 사람이나 임신했는데도 담배를 피워대는 며느리, 정년 퇴임 후 우울해하는 남편, 정말로 다양한 불만이었지만 최종적으로 보면 그 문제들은 언제나 '잡귀' 탓이었다.

"요시오카 씨는 좋은 사람이었는데, 어쩌다 갑자기 저렇게 됐을까?"

"요즘 눈빛이 다르잖아요."

"잡귀가 붙은 게지."

"자식은 내팽개치고 술이나 퍼마시고 다니니, 원. 모성이란 게 없나?"

"잡귀가 붙었군."

'잡귀'의 위력은 그야말로 어마어마했다.

우리 집에 오는 사람은 거의 여자뿐이었는데, 그중에 딱 한 사람 출입을 허가받은 남자가 있었다. 모두가 '아저씨'라고 부르는 비쩍 마른 사람이었다.

전직 대학교수였다느니 연구원이었다느니, 프로필은 확실치 않지만, 아무튼 매우 박식했고 그 지식은 여러 장르에 고루 미쳤다. 그 지식은 그야말로 우주부터 소설, 종교에서 프로레슬링, 고양이에서 역사, 패션까지 다양하기 이를 데 없었다. 지금은(그렇다기보다 계속) 일하지 않는 것 같고, 본가에서 어머니 연금에 의지해 살아가는 듯했다. 남아도는 시간의 거의 대부분을 지식을 얻기 위해 사용했고, 그럼에도 그 정보는 결코 아무런 도움도 되지 않았다.

일도 하지 않고 아흔이 다 된 어머니에게 줄곧 얹혀사는 것은 여자들에게는 비난의 표적이긴 했지만, 그래도 그 이상으로 방대한 지식은 존경받았고, 무엇보다 아저씨는 여자들이 동경하는 '신비한 체험'을 수없이 경험했다. 사람의 혼을 보는 건 일상다반사(나 정도 클래스가 되면, 낮에도 보여), 무당 비슷한 행위도 했고(할머니에게는 증조할아버지를 몇 번이나 불러내주었다), 의식을 조금 집중하면 누군가의 집까지 유체이탈로 날아갈 수 있었다(그래서 마스코 씨라는 사람의 집에 불이 났다고 알려주기도 했다).

아저씨의 장점은 그런 것으로 돈을 받지 않았고, 딱히 자랑하지도 않았다는 것이다. 자기 몸에 일어나는 현상을 지극히 평범하게 받아들였고, 그 풍부한 지식과 마찬가지로 그것으로 어떤 이득을 취하거나 이용하려는 의도는 전혀 없는 것 같았다. 단지 그렇게 가끔 우리 집에 오는 게 더없이 기쁘다고 아저씨는 말했다.

아저씨는 여자가 좋은 것이다. 그 대상이 우리 할머니처럼 주름이 자글자글한 사람이든 드럼통처럼 뚱뚱한 아주머니든, 아저씨는 단지 여자라는 사실만으로도 넙죽 엎드렸고, 무슨 말을 해도 싱글벙글하며 넋을 놓고 좋아했다.

"여성은 우리의 태양이야."

"살아 있는 것만으로 아름다워."

그런 닭살 돋는 멘트를 날리며 아주머니들을 웃겼다. 모두 아저씨를 좋아했고, 모두 그곳을 좋아했다.

고등학생이 됐을 때 할머니가 돌아가셨다. 아침에 부엌에 쓰러져 있는 할머니를 내가 발견했다(사람이 죽으면 바로 '발견'이 된다).

맛있는 된장국 냄새와 리놀륨 바닥의 얼룩, 냉장고에 더덕더덕 붙은 자석, 아무튼 더없이 익숙한 일상 속에서 할머니가 **죽어 있다**는 사실이 믿기지가 않았다. 항상 바지런히 움직이던 부엌에 쓰러져 있는 게 이상했고, 할머니의 몸이 차가워진 게 이상했고, 이제는 두 번 다시 눈을 뜨지 않는다는 게 이상했다. (어떻게 해야 할지 몰라 부엌에서 할머니와 나란히 누워 있는 나를 발견한 사람은 우리 집에 불쑥 찾아온 아저씨였다.)

할머니의 장례식에서 나는 난생처음 진짜 할머니를 만났다. 교도소에 갔었다는 말을 들었던 탓에 뭐랄까, 좀 더 인상이 위협적인 사람이겠거니 상상했는데, 할머니와는 달리(할머니는 덩치가 매우 컸다) 아담한 체형에 빡빡머리에 가까울 정도로 쇼트커트를 한 그 사람은 온화한 분위기가 물씬 풍기는 아름다운 사람이었다.

"주에루?"

그 사람이 나의 할머니라니 무척 놀랐다.

"기억이 안 나려나? 어릴 적에 만난 적 있는데."

세련된 표준어로 얘기하는 그 사람은 할머니라기보다는 아름다운 여성의 느낌이었다.

'할머니'는 좀 더 주름이 많고, 가까이 다가가면 뭔가가 발효되는 듯한 냄새가 풍기고, 새하얀 머리칼이 부석부석 휘날리는(그렇다, 지금 관 속에 누워 있는 할머니처럼), 그런 사람이라고 생각했었다. 그런데 눈앞에 선 사람은 매끄러운 피부에 웃으면 눈가에 주름이 잡히는 정도였고, 상복을 입었지만 굉장히 멋쟁이라는 걸 금방 알아볼 수 있었고, 넉넉한 바짓자락으로 엿보이는 발목도 탄력 있고 탄

탄했다.

내가 솔직하게 그런 감상을 털어놓자 '할머니'(헷갈리니까 '엄마의 엄마'라고 부르기로 하자)는 기쁜 듯이 웃었다.

"매일 우리 밭에서 딴 신선한 채소를 먹거든. 담배 같은 건 말도 안 되고, 이상한 건 절대로 입에 대지 않으니 몸이 건강하지."

"이상한 것?"이라고 묻자, 엄마의 엄마 입에서 온갖 식품 이름들이 쏟아져 나왔다. 그 대부분을 먹고 있을 우리 엄마(그야 엄마의 '선물'은 늘 켄터키프라이드치킨이나 맥도날드 같은 것뿐이었는데, 그것은 엄마의 엄마의 '이상한 것' 목록의 상위에 올라 있었다)는 모두와 떨어진 곳에서 아메리칸 스피릿을 피우고 있었다. 조금 전까지 그렇게 울더니, 지금은 눈물을 그치고 멍하니 서 있었다.

엄마와 엄마의 엄마는 하나도 닮지 않았다. (도저히 핏줄이라고 여겨지지 않을 정도로. 나랑 엄마도 전혀 닮지 않아서 첫 대면에 우리가 혈연관계임을 아는 사람은 거의 없다.)

"세상에, 저 애가 저런 걸 마시네."

엄마는 조문객을 대접하기 위해 내놓은 음식(아저씨가

모두 준비해주었다) 중 하나인 콜라를 마시고 있었다. 엄마의 엄마는 엄마를 '저 애'라는 호칭으로만 불렀고, 둘이 대화를 나누는 모습은 끝내 보지 못했다.

"저런 건 독이야."

그 후로 나는 콜라를 마실 때마다 엄마의 엄마가 내뱉듯이 했던 그 말을 떠올리게 되었다. 콜라는 독인 것이다.

할머니가 세상을 떠난 후, 나는 엄마랑 살게 되었다. 엄마는 분명 무슨 사정으로 멀리 산다고 들었는데, 사실은 의외로 가까운 곳에 살았던 듯하고, 내친김에 같이 살던 애인도 우리 집으로 들어왔다.

애인은 자메이카 사람이고, 그의 이름은 데미안이었다. 엄마보다 일곱 살 연하인데, 시내 레게 바에서 아르바이트를 했다.

데미안이 들어옴으로써 별안간 우리의 '가족 감각'이 확장되었다. 나는 엄마의 자식이라기보다 데미안의 자식(혹은 여동생)으로 보였고, 할머니랑 둘이 다닐 때보다 셋이 걸어 다니는 지금이 주위 사람들에게도 훨씬 쉽게 이해가

가는 듯했다.

엄마는 내 머리를 브레이즈 스타일로 바꿨다. (엄마는 브레이즈 전문 미용실을 운영했고, 꽤 잘됐다. 물론 할머니는 그런 얘기는 해주지 않았다.) 하루 종일 레게가 흐르고, 집 안은 온통 펄이 들어간 색깔이나 화려한 색깔의 천으로 뒤덮였다. 그리고 부엌에서는 찜요리나 생선구이, 장아찌 대신 데미안이 만들어주는 저크치킨*이나 엄마가 배달시킨 피자, 그리고 엄마의 엄마가 표현한 바로는 '독'인 콜라가 떨어질 날이 없었다.

"있지 엄마, 엄마네 엄마는 콜라가 독이라고 했어."

"허, 뭐라고? 아직도 그런 소리네, 그 사람은."

엄마의 엄마가 엄마를 '저 애'라고 부르듯이, 엄마도 엄마의 엄마를 '그 사람'이라고 불렀다.

"아직도?"

"내가 어릴 때부터 요즘으로 말하면 유기농 신봉자였거든. 밥도 녹차 색깔에다 간도 싱거워서 싫었어. 그나마 그

---

* 닭고기에 매운 고추와 향신료를 입혀 구운 자메이카 요리.

건 용서가 되지만, 그 사람은 뭐든 다 음모론으로 끌고 간다니까. 설탕을 먹게 만든 건 미국의 음모니 어쩌니."

"그렇구나."

"그러니 알 게 뭐야. 그렇다기보다 음모라도 이렇게 맛있으면 되는 거 아냐? 난 어른이 되면 포테이토랑 맥도날드랑 콜라랑 아이스크림을 배 터지게 먹겠다고 다짐했지."

"꿈이 이뤄졌네?"

"이뤄졌지, 진짜 최고야!"

나는 두 사람과 함께 살면서 바로 살이 찌고 말았다. 입고 다녔던 바지는 모조리 안 맞았고, 티셔츠도 옆구리 언저리가 갑갑해서 입지 못하게 되고 말았다.

"괜찮아, 주에루. 그 정도 풍만한 게 더 예쁘니까!"

엄마와 데미안은 나처럼 먹어도 여전히 날씬했다.

"자메이카 아가씨들은 엉덩이를 크게 하려고 영계 사료까지 먹는대!"

너무나 극적인 변화였지만, 내가 가장 놀란 일은 엄마가 집 안의 부적들을 닥치는 대로 떼어버린 것이다. 할머니가 어떤 소망을 담아 길흉을 믿으며 주문을 읊조리며 붙였던 부적을 너무나 쉽게 떼어내는 엄마의 행동이 믿기지 가 않았다. 그것만이 아니다. 엄마는 말끔하게 떼어지지 않은 부적 자리에 화려한 스티커를 붙이거나('그라피티'는 더 이상 그리지 않는 모양이다) 다른 천을 걸어서 할머니의 흔적을 철저하게 지워나갔다. 물론 나는 엄마에게 혹시 '나쁜 일'이 생기지는 않을까 이루 말할 수 없이 걱정스러웠다.

그런데 '잡귀'는 오히려 내 쪽에 붙은 듯했다. 나는 이웃 사람들, 특히 할머니의 신봉자였던 사람들에게 기피를 당하게 되었다. 급격하게 살이 찌고, 머리를 브레이즈 스타일로 따고, 때로는 손톱을 보라색으로 칠하고, 속살을 노출시킨 옷을 입고 걸어가는 내 모습에 다들 얼굴을 찌푸렸다. 그것이 엄마가 바라던 바였든 아니든 관계는 없었다.

"잡귀가 붙었어."

그런데도 여전히 우리 집에 오는 사람은 아저씨였다.

우리 집에 여자들이 모이지 않게 됐는데도 그런 건 상관없었다. 한가한지, 아니면 다른 무슨 이유가 있는지, 아저씨는 오히려 전보다 더 자주 우리 집에 왔다. 엄마도 쓸데없는 잔소리를 하지 않는 아저씨를 좋아했고('어릴 때부터 많이 귀여워해주셨어'), 아저씨는 레게 분야에서도 박식함을 뽐냈다. 자기 집에 있던 오래된 오센틱 레게나 댄스홀 레게, 급기야 7인치 레게톤 레코드까지 들고 와서 데미안을 감탄하게 만들었다.

"Amazing!"

이따금 부엌에서 달콤하기도 하고 향기롭기도 한 냄새가 흘러나왔다. 엄마에게 물어보니 '허브'라고 했다. 아저씨는 허브를 피우면 눈이 살짝 풀리면서 점점 더 요설을 휘둘렀다.

엄마가 집 안의 부적을 모조리 떼어버렸지만, 내 방의 결계는 여전히 붙어 있었다. 뗄 생각을 해본 적도 없고, 현재 생활 자체로도 할머니를 충분히 배신하는 기분이 들어서 매일 밤 방에서 기도를 올렸다(그 기도도 할머니에게 배운 것이다).

"신타노모린 시로칸네, 요우요우 온고 오마모리요."

엄마가 버리려고 했던 할머니의 유품도 결과적으로는 내 방으로 옮겼다. 그래서 내 방은 할머니 방 같았다. 방에 있으면 할머니가 바로 옆에 있는 느낌이었고, 할머니의 그야말로 '할머니'다운 냄새(엄마의 엄마에게서는 절대 나지 않았던 냄새다)는 언제까지고 사라지지 않았다.

"요우요우 온고 오마모리요."

새 학기가 시작되자, 나를 바라보는 모두의 눈빛이 달라진 걸 느낄 수 있었다.

입학식부터 나는 주목의 대상이었다. 그런 시선에는 이미 익숙했고, 그것도 한두 달만 지나면 저절로 가라앉는다는 것도 알고 있었다. 예전에는 할머니가 시키는 대로 평범하게 지냈고, 딱히 눈에 띌 만한 행동도 하지 않았다. 외모는 이질적이지만, 자기들과 별반 다르지 않다는 걸 알면 모두 나를 가만 내버려두었다.

그런데 내가 완전히 변한 것이다. 여름방학 동안 몸무게가 8킬로그램이나 늘었고, 헤어스타일은 브레이즈로 바꿨다. 매니큐어는 아무래도 지우고 등교했지만, 손톱 뿌리는 말끔하게 지워지지 않은 펄 때문에 반짝반짝 빛났다.

나는 당장 선생님에게 불려갔다. 그것은 이미 상정 범위 안에 있었던 일이다. 엄마가 미리 얘기했던 대로, 선생님은 “부모님을 모셔오세요”라고 말했다.

학교에는 엄마와 데미안이 함께 왔다. 데미안의 풍부한 레게 머리는 선생님을 움츠러들게 했고, 내 머리를 ‘교칙 위반’이라고 주장할 기세를 꺾어놓았다.

“주에루의 머리는 이렇게 하는 게 제일 차분해요. 교칙인지 뭔지 잘 모르겠지만, 이렇게 뽀글거리는 머리카락을 억지로 길러서 다른 애들이랑 똑같이 만드는 건 분명히 말해 차별 아닌가요? 그게 교육입니까?”

엄마는 웬일로 시크하게 검은 옷을 입었지만, 그에 맞춰서 화장도 검은 톤으로 했다. 카시스 색깔의 입술, 눈 주위를 검게 칠하고, 코에 한 피어스도 검은색이었다.

데미안도 서툰 일본어로 가세했다. 주에루의 머리를 부정하는 것은 자기의 레게 머리도 부정하는 거라는 의미의 말을, 아마도 엄마에게 배운 대로 얘기했다.

“……그렇다면 주에루의 머리가 선천적인 천연 파마라는 걸 증명해주세요.”

이렇게 해서 나는 그 고등학교에서 최초로 ‘선천적인 천연 파마’를 땋을 수 있는 허가를 받은(동시에 ‘선천적인 천연 파마 증명서'라는 것을 학교에 처음으로 만들어놓았다) 학생이 된 것이다.

엄마는 의기양양했다. 선생님을 논파하는 그 모습을 돌아가신 할머니가 봤다면 보나마나 '잡귀가 씐' 행동이라 주문이 필요했을 테지만, 엄마는 굉장히 만족스러워 보였다. 그 모습이 뜻밖에도 엄마의 엄마를 닮았다는 걸 안 것은 그로부터 불과 며칠 지난 후였다.

엄마의 엄마에게서는 여전히 소식이 없었다. 장례식에서 만난 그 한 번뿐이라고 생각했는데, 예상치 못한 곳에서 그 모습을 보게 되었다.

엄마의 엄마가 텔레비전에 나왔다(역시나 여전히 헷갈리니, 지금부터는 이름으로 부르자. 유코 씨다). 아무래도 유코 씨가 낸 책이 화제가 된 듯한데, 유코 씨는 '좌파계 논객'(나중에 찾아봤다)으로 텔레비전에서 여러 사람과 토론을 벌였다. 책 제목은 『지속적으로 강간당하는 우리』. 센세이셔널한 제목과 아름다운 유코 씨의 외모가 시청자에게 강한 임팩트를 줬는지, 그 후로 프로그램 곳곳에서 유코 씨를 보게 되었다.

엄마가 싫어해서(엄마는 텔레비전에 유코 씨가 나오면 바로 채널을 돌렸다) 엄마 앞에서는 보지 않으려고 애썼지만, '우파계 논객'을 잇따라 휙휙 쓰러뜨리는 모습은 선생님을 논파했던 엄마랑 아주 비슷했다. 할머니가 살아계시지 않아 다행이라는 생각이 들었다. 할머니가 봤다면, 유코 씨도 분명 '잡귀'에 씌어 홀린 것이기 때문이었다. 나는 유코 씨를 위해 기도했다.

"요우요우 온고 오마모리요."

여름 무더위가 한풀 꺾였을 무렵, 아저씨의 어머니가 돌아가셨다.

아흔 살이 가까운 줄 알았는데, 실제로는 아흔여덟 살까지 장수를 누리고 편안히 눈을 감은 호상이었다(아저씨는 100세가 다 된 어머니에게 얹혀산 셈이다). 나는 이웃 아주머니들을 오랜만에 만났다. 왠지 나를 기피하는 눈치였던 아주머니들도 누군가의 장례식에서 좋지 않은 모습을 보이고 싶진 않았을 테고, 무엇보다 내가 예전과 다르지 않다는(외모는 많이 변했지만) 걸 알자, 차츰 말을 걸어주었다.

아주머니들의 정보에 따르면, 아저씨는 일흔한 살이라고 했다. 훨씬 젊게 보인 것은 늘씬한 체형 덕분인지, 속편한 생활 덕분인지 모르겠지만, 아무튼 아저씨는 외아들로서 극진한 사랑을 받으며 자랐다고 한다.

아저씨는 장례식에서 남의 시선도 개의치 않고 펑펑 울었다. 성인 남자가 그렇게 우는 모습은 처음 보았다. 모두 덩달아 눈물을 흘렸고, 일본 장례식을 처음 본 데미안도 눈시울이 붉어졌다(허브를 피운 후에는 늘 붉어지긴 했지만).

장례식에는 유코 씨도 왔다. 아저씨가 불렀을까? 유코 씨는 장례식에서만 만난다는 생각이 불현듯 들었다. 텔레비전에 많이 나와서 그런지, 아니면 장례식에만 모습을 드러내서 그런지 모두 유코 씨를 힐끔힐끔 쳐다보았다. 유일하게 엄마만 유코 씨를 철저히 무시했고, 눈물을 글썽이는 아저씨의 등을 어루만지며 독이라는 콜라를 보란 듯이 마셨다.

할머니가 돌아가셨을 때도 이 회관에서 장례식을 치렀다. 할머니는 바로 옆 화장장에서 화장하고 부지 안에 있는 묘지에 안치되었다. 나는 할머니 묘가 보고 싶어져서 회관을 빠져나왔다. 할머니 때는 장례 음식 대접이 끝난 후에도 조문객들의 발길이 끊이지 않았는데, 이번에는 오는 사람도 드물었다. 그것이 일반적일지도 모른다.

할머니의 묘에는 아름다운 꽃이 올려져 있었다. 지난번에 내가 온 것은 2주 전이었으니 분명 다른 누군가가 와서 올렸을 것이다. 큼지막한 하얀 국화는 이쪽을 향해 이를 쓱 드러내며 웃는 생물처럼 보였다.

웅크려 앉아 있다 보니 다리가 저려서 교복 차림 그대로 바닥에 털썩 주저앉았다. 이 교복도 결국 살이 쪄서 엄마가 인터넷을 통해 우리 학교 졸업생에게 저렴한 가격으로 물려받은 XL 사이즈다. 치마의 주름 부분이 번들거렸다. 어떤 사람이 입었을까. 멍하니 그런 생각에 잠겨 있는데, 담배를 피우는 냄새가 났다. 돌아보니 아저씨가 서 있었다.

"아저씨."

아저씨는 대답도 없이 내 옆에 앉았다. 장례식의 주역이 이런 데 나와도 괜찮겠느냐고 물으려다 주역은 아저씨의 어머니라는 생각에 말을 삼켰다.

"피곤하니?"

아저씨는 여전히 울고 있었다. 울면서 여기까지 걸어온 것이다.

"아뇨, 할머니 묘가 보고 싶었을 뿐이에요."

"그랬구나."

아저씨가 주머니에서 프리스크를 꺼내 입에 잔뜩 털어 넣었다. 울면서 먹었다. 나에게는 주지 않았다. 입 안을 개운하게 해주는 프리스크 종류는 대체로 남에게도 권하는 거라고 생각했기 때문에 조금 의외였다.

"할머니가."

아저씨가 입을 열었다. 아저씨가 '할머니'라고 하면, 우리 할머니를 의미한다.

"할머니가 돌아가셔서 외로웠니?"

당연한 말을 물었다.

"응."

"지금도?"

"응."

"엄청?"

"엄청."

"그렇구나. 나, 이겨낼 수 있을까? 엄청, 엄청 외로운데. 몸이 갈기갈기 찢어질 것 같은데." 아저씨가 그렇게 말하며 눈을 벅벅 문질렀다. "정말로 엄청 외로워."

"어쩌죠."

"그러게 말이다. 어쩌면 좋을까."

가족이, 그것도 아주 가까운 누군가가 죽는 경험에 관한 한 내가 선배다. 아저씨의 아버지는 잘 모르겠지만, 이 상황으로 보건대 아저씨는 지금 위기 상태에서 내게 조언을 구한다는 걸 알 수 있었다. 아저씨는 슬픈 것이다. 지독히 슬픈 것이다.

"그런데 말이죠."

"응."

"그런데…… 으음……."

아저씨에게 해줄 말이 떠오르지 않았다. 아무리 위로해도 아저씨의 슬픔을 바꿀 수는 없다. 나는 아저씨를 물끄러미 쳐다보았다. 물끄러미. 곤란하네, 그렇게 생각한 순간 할머니의 목소리가 들렸다.

"요시에."

이렇게 가끔 할머니의 목소리가 들리곤 한다. 엄마가 브레이즈 스타일로 머리를 따줬을 때, 레게 리듬에 몸을 흔들 때, 엄마가 할머니의 부적을 떼어내는 모습을 볼 때, 내가 주에루인 척하며 살아가려 할 때.

"요시에."

그렇게 싫었던 '요시에'였건만, 왠지 그리웠다. 주에루로 살아가는 게 기쁜데도, 안심이 되는데도 '요시에'야말로 내가 아닐까 하는 생각을 떨쳐낼 수 없었다. 그리고 그것이 왠지 몹시 괴로웠다.

"난 할머니를 무척 좋아했어요."

아저씨가 원하는 대답은 아닐지도 모른다. 아니, 분명히 아닐 테지만, 그래도 정직하기로 마음먹었다. 일흔한 살인 아저씨가 열다섯 살인 내 앞에서 이토록 온 힘을 다해 우는 얼굴을 보여주는 것이다(프리스크는 절대 주지 않았지만).

"알아, 나도."

"아저씨도 좋아했죠? 우리 할머니."

"좋아했지. 많이 좋아했어. 태양 같은 사람이잖니."

"응."

"아니, 달인가. 화성? 으음, 목성인가."

"어쨌든 좋아했죠?"

"좋아했지, 아주 많이 좋아했어."

아저씨는 또다시 눈을 벅벅 문질렀다.

"그런데 난 엄마도 좋아해요."

"아, 응."

"굉장히 좋아해요. 그리고 또. 유코 씨, 엄마의 엄마도 멋지다고 생각해요."

"그렇구나."

"근데 왠지 할머니한테 미안한 마음이 들어요. 할머니는 엄마한테도 유코 씨한테도 뭐라고 해야 할까."

"잡귀가 붙었다고 했었지."

"응. 최근에는 말이죠……."

"응."

"신타노모린 시로캰네, 요우요우 온고 오마모리요. 이게 맞나?"

"맞아. 용케 기억하는구나."

"아뇨, 주문도 점점 잊어버리고 있어요. 주문 자체를 잊어버리는 건 아니고, 읊는 걸 잊을 때가 있어요. 엄마랑 있으면. 유코 씨를 보고 있으면. 할머니도 점점 잊어버리는 것 같아요, 내가."

나의 이 몸에는 할머니의 피도 유코 씨의 피도 엄마의 피도 흐른다. 그 모두가 나를 만들었고, 그 모두가 나다. 그런데 때때로 내가 갈기갈기 찢어지는 것 같다. 뭔가에 바짝 다가가면, 다른 뭔가를 소홀히 하는 것 같고, 다른 뭔가를 배신하는 것 같고. 아저씨가 말한 갈기갈기가 아니라, 좀 더 '나쁜' 의미의 갈기갈기.

"미안해요. 아저씨 질문에는 대답이 안 됐죠."

아저씨는 한동안 생각에 잠겨 있었다. 그러곤 내 눈을 가만히 바라보았다. 다른 사람에게 그런 시선을 받으면 틀림없이 마음이 불편했겠지만, 아저씨는 아무렇지 않았다. 그것 또한 모두가 아저씨를 좋아하는 이유일 것이다. 절대 누구도 위협하지 않는 아저씨.

"너, 프로레슬링 좋아했나?"

아저씨가 물었다.

눈물에 젖은 눈은 여전히 새빨개서 역시나 허브를 막 피운 것처럼 보였다. 지금은 콧물까지 줄줄 흘렀다.

"프로레슬링?"

"응."

"좋아하는지 어떤지 몰라요. 아저씨한테 얘기만 들었으니까."

"내가 후지나미 다쓰미 얘기한 적 있니? 드래곤?"

"드래곤? 어렴풋이 기억은 나요."

후지나미 다쓰미라는 사람이 드래곤이라고 불렸다는 것, 그리고 아저씨가 드래곤의 엄청난 팬이라는 건 알고 있었다.

"후지나미한테는 말이야, 필살기가 있었지. 드래곤 수플렉스*라는 거야. 저먼 수플렉스의 변형인데, 팔과 목을 고정해서 내동댕이치기 때문에 굉장히 위험해. 그래서 언제부터인가 후지나미는 그걸 금기 기술로 여겼어."

* 프로레슬링에서 팔을 상대방의 양쪽 겨드랑이 밑에 집어넣고 뒤로 넘기는 기술.

솔직히 아저씨 말을 거의 이해할 수 없었지만, 아저씨가 눈물을 그칠 것 같아서 고개를 끄덕이며 들어주었다.

"그런데 말이야, 유신군*이 전일**로 이적했을 때 해금했지. 스스로."

"응."

"프로모터나 상대 선수가 말했을지도 몰라. 하지만 결국 결정권을 쥔 사람은 후지나미잖니? 금기 기술로 정했던 사람도 해금한 사람도 후지나미야."

"응."

"무슨 얘기하는 중이었지?"

"드래곤 수플렉스."

"아니, 그전에. 네가 했던 말."

"아아, 으음, 할머니 얘기?"

"맞다, 주문이었지! 그래, 주문이나 미신 같은 건 자기가 결정하는 거야. 안 그래? 자기가 행복해지기 위한 거잖

---

* 조슈 리키가 중심이 되어 결성된 프로레슬링 단체.

** 일본의 메이저급 프로레슬링 단체로 정식 명칭은 '전일본 프로레슬링'. 1972년에 자이언트 바바가 창설한 단체이다.

아? 그런데 거기에 얽매이는 건 이상하잖니."

뜻밖의 지점에서 이어졌다(아니, 이어지긴 한 걸까?). 아저씨는 또다시 프리스크를 잔뜩 입에 털어넣었다. 새 통을 뜯었지만, 이번에도 역시 한 알도 주지 않았다.

"할머니도 마찬가지야. 너에게 주문을 걸었던 건 아냐. 너를 사랑하고, 너무 사랑해서 행복해지길 바랐을 뿐이지. 그건 지금도 똑같아, 죽어도 절대 변함없어. 유코도 이부키(깜박 잊고 말 안 했는데, 엄마 이름이다)도 그래, 지극히 사랑받았어."

"정말요?"

"그야 당연하지! 신타노모린 시로칸네, 요우요우 온고 오마모리요, 라고 읊조리는 그 주문 말이다. '요우요우 온고 오마모리요'는 부디 계집아이를 잘 지켜달라는 뜻이야."

"그런 거예요?"

"몰라. 하지만 보통은 그렇지. 아니, 그렇다기보다 의미야 뭐든 상관없어, 주문이니까. 내가 행복해지는 해석을 하면 그만이지."

"그렇구나."

"할머니는 항상 유코와 이부키와 너를 부디 잘 지켜달라고 했던 거야. 그러면 된 거 아니냐?"

"응. 그럼 앞부분은?"

"모르지. 낸들 아나."

"그렇구나."

"할머니는 걱정돼서 이런저런 말을 했지만, 두 사람이 행복하면 그걸로 만족했던 거야. 그리고 두 사람도 그걸 알았을 거다."

"응."

자유로운 두 사람, 분방한 두 사람, 할머니에게 늘 걱정을 끼쳤던 두 사람. 그렇지만 그 두 사람을 보고 있으면 사랑받은 인간 특유의 건강함이 느껴질 때가 있었다. 아니, 그렇다기보다 자주 느꼈다.

"너는 주술에 걸린 게 아니야. 주문은 너에게 주술을 걸진 않아. 너의 모든 것도 너에게 주술을 걸진 않지. 네가 너로 존재하는 것, 예를 들면 그 머리카락이나 피부색, 그건 물론 네가 선택할 순 없었지만, 너는 그 외모라서 그

피라서 너로 존재하는 거잖니. 네가 너라고 생각하는 너, 그런 너만이 너인 거야."

"응."

"네가 결정하면 돼."

아저씨~ 누군가 부르는 소리가 들렸다.

"응."

아저씨~ 노랫소리 같은 그 목소리는 장례식 자리에는 어울리지 않았다. 그렇지만 아저씨는 완전히 눈물을 그쳤고, 사랑을 듬뿍 받은 아저씨에게는 그렇게 밝은 분위기가 훨씬 잘 어울렸다. 실제로 아저씨는 "네~에"라고 귀여운 목소리로 대답했다. 아저씨는 여자가 좋은 것이다. 진심으로.

"그만 가마."

"응."

일어서는 순간, 아저씨의 무릎에서 우두둑하는 소리가 났다.

장례식이 끝나고 유코 씨가 우리 집에 왔다. 라스타 컬러,* 홀치기염색, 완전히 바뀌어버린 집을 보고 얼굴을 찌푸렸지만, 딱히 뭐라고 하진 않았다. 할머니의 불단에 향을 올리고, 들고 온 물통에 담긴 뭔가를 마셨다. 분명 독이 아닌 무언가다.

나는 컴퓨터를 켜고 드래곤 수플렉스 동영상을 몇 번이나 보았다. 데미안이 틀어놓은 레게가 기분 좋아서 나도 모르게 몸을 흔들었다. 나는 레게가 굉장히 좋다. (그리고 그때부터 급속하게 프로레슬링에 빠져들었다.)

어느새 유코 씨가 거실에서 사라지고 없었다. 인기척이 느껴져서 살며시 부엌을 들여다보자, 엄마와 유코 씨가 '허브'를 피우고 있었다. 둘이서 함께 피우고 있었다.

* 에티오피아 국기 색인 빨강, 노랑, 초록의 배색.

지친 삶의 소용돌이 속에서
살며시 등을 밀어주는 마법 같은 한마디

선택할 수 있다는 것은 곧 자유롭다는 의미다. 자유의 질은 선택의 폭으로 결정되고, 그 폭은 기존의 틀에서 벗어날 때 비로소 확장 가능한 기회를 얻는다. 『마법의 주문』은 세상에서 당연시 여기는 가치관이나 개개인의 굳은 확신에 대해 한번쯤 멈춰 서서 의문을 제기함으로써 한정된 틀로부터 탈출을 시도하는 여덟 개의 단편들로 구성되어 있다. 또한 이 책은 작가 자신의 틀을 깨는 도전이었다는 점에서도 충분히 주목해볼 가치가 있다.

나오키상 수상작인 『사라바』, 사랑과 '나'에 관해 묘사해 큰 반향을 불러일으킨 『i 아이』 등으로 알려진 니시 가나코는 장편을 좋아했고, 머릿속은 온통 그 생각으로 가득했다고 한다. 그런 그녀의 진정한 바람은 나이를 먹어서도 힘 있는 작품을 계속 집필하는, 호흡이 긴 작가로 남는 것이라고 한다. 그래서 필력 쌓을 방법을 고민하던 어느 날, 평소 존경하던 가쿠다 미쓰요 작가에게 "30대에는 단편 1,000편을 썼다"는 말을 듣고, 일단은 단편을 많이 쓰기로 결심한다. 그 첫 결과물이 바로 이 책이다.

그래서인지 기존의 장편에서 느껴졌던 약동성은 가라앉고 내면으로 깊숙이 파고드는, 진솔하고도 아름다운 심리 묘사가 돋보이는 작품들이 탄생했다. 작풍의 변화가 예견되는 전환기적 분위기도 감돈다. 지금까지는 인간의 목소리를 묘사해왔다면, 이번에는 채 목소리가 되지 못한 소리들을 그려낸 셈이다. 그러면서도 결코 놓지 않은 문턱으로 남과 여, 생과 사, 선과 악, 빛과 그림자처럼 대립적인 개념들을 모두 아우르는 탁월한 문학성과 풍부한 감성, 예리한 관찰력을 유감없이 발휘해냈다.

『마법의 주문』에 등장하는 주인공은 성추행 피해를 당한 소녀, 미래가 불투명해진 패션모델, 연인과의 파국을 감지한 레즈비언, 피에로 역할을 자처하는 못생긴 술집 아가씨, 뜻밖의 임신에 기쁨보다는 당혹감과 불안을 먼저 느끼는 임산부와 같은 여성들이다. 저마다 절박한 고뇌와 상처를 품고 사는 그들이지만, 다행히도 지친 삶의 소용돌이 속에서 살며시 등을 밀어주는 마법 같은 한마디와 조우한다. 누군가가 툭 던진 '주문' 같은 그 한마디로 현실을 회피하지 않고 자기 자신과 직면하는 용기를 얻어 또 다른 차원의 세상으로 첫발을 내딛는다.

그런데 특이한 점은 그런 계기가 된 '주문'들을 주는 상대가 모두 아저씨(혹은 할아버지)라는 점이다. 그것도 사회에서 조금은 일탈한, 별나고 괴짜인 인물들이다. 온갖 잡동사니를 정성을 다해 태우는 학교 관리인, 딸기 농사에만 일생을 다 바친 외골수 노인, 한때는 최고였던 망가진 왕년의 축구 스타……. 게다가 언뜻 보면 그들의 주문은 '기원'이나 '축복'의 말이라고 하기에는 너무나 평범하며 대수로울 게 없다. 그러나 그 말은 그들이 '여성'의 외부에 있기에, 당사자와 무관한 제3자이기에 비로소 할 수 있는 말이기도 하다. 물론 '주문'이 늘 거창하란 법은 없다. 어쩌면 전에도 수없이 들었지만 무심히 흘려버렸던 말이 자신이 처한 상황과 시기의 주파수에 딱 맞아떨어진 우연의 소산일 수 있다. 말은 결국 해석과 선택의 문제인지 모른다. 따라서 '아저씨'는 나 이외의 누군가, 그것도 나를 사랑하는 누군가가 아닌, 거의 세계와 동등하게 무관계한 누군가를 상징하는 존재다. 그래서 그들의 말은 더욱 강렬하게 다가오고, 큰 힘을 이끌어내는 것이다.

어찌 보면 이 작품에 등장하는 여성과 아저씨는 모두 마이너리티의 소외감을 경험한 사람들일지 모른다. 그런데 오늘날 사회가 차츰 다양성을 인정하고 지향하는 방향으로 나아갈 수 있는 것은 지금껏 당연하다는 듯이 패배해온 그들이 포기하지 않고 자신들의 영역을 지키고 구축해온 결과물이다. 여성은 암암리에 강요당하는 가치관과 속박에 상대적으로 취약한 경향이 있다. 그렇다 보니 나는 '여자'로서 어떤가? 딸로서, 엄마로서는 어떤가? 누군가에게 선택받을 수 있는 존재인가? 무의식중에 그런 자기 검열을 하며 사회에서 끊임없이 제시하는 완벽한 여성상의 틀에 꿰맞추려 발버둥 치기도 한다. 그리고 그 틀에 맞게 살아가지 못하는 자신을 부정해버리기 쉽다. 그러나 본질적으로는 스스로 자기 자신을 인정하는 것이 가장 중요하다. 누군가가 정해놓은 고정관념에서 벗어나 자신의 진정한 행복을 찾는 도약의 계기가 필요하다. 따라서 그런 도약의 순간을 포착해낸 이 책은 줄곧 꽉 막혀 있던 갑갑함이 드디어 풀리는 해방감과 선택지의 다양성을 우리에게 선물한다.

내일 당장 세상이 변하지는 않는다. 그러나 그 계기는 지금 우리 손안에 확실하게 있다. 세상을 달라 보이게 하는 주문을 주는 대상은 타자일지 모르지만, 그것을 받아들이고 살리는 주체는 늘 나 자신임을 새삼 일깨워주는 작품이다.

2019년 7월

이영미

마법의 주문

초판 1쇄 2019년 7월 24일

지은이 | 니시 가나코
옮긴이 | 이영미
펴낸이 | 송영석

주간 | 이진숙 · 이혜진
기획편집 | 박신애 · 정다움 · 김단비 · 심슬기
외서기획편집 | 정혜경
디자인 | 박윤정 · 김현철
마케팅 | 이종우 · 김유종 · 한승민
관리 | 송우석 · 황규성 · 전지연 · 채경민

펴낸곳 | (株)해냄출판사
등록번호 | 제10-229호
등록일자 | 1988년 5월 11일(설립일자 | 1983년 6월 24일)

04042 서울시 마포구 잔다리로 30 해냄빌딩 5 · 6층
대표전화 | 326-1600 **팩스** | 326-1624
홈페이지 | www.hainaim.com

ISBN 978-89-6574-955-4

이 도서의 국립중앙도서관 출판예정도서목록(CIP)은 서지정보유통지원시스템 홈페이지(http://seoji.nl.go.kr)와 국가자료공동목록시스템(http://www.nl.go.kr/kolisnet)에서 이용하실 수 있습니다.(CIP제어번호: CIP2019025537)